大家好，可樂老師幫大家準備了隱藏版的影片！

當你在書中，看到這個「影片小驚喜」的圖示  時，表示本頁將有特別版的可樂老師影片喔！

不過老師要先說，這只是老師送給各位的小禮物，如果你不想要下載 App，單純看書也是全部看得懂的。

那麼，要怎麼使用呢？

❶ 首先，請點擊你的 APP 商店，下載 COCOAR2。

❷ 記得，是下載 Cocoar2 喔！這個軟體完全免費，請安心使用！

COCOAR2　　　　　　　　　　　　　　　　COCOAR
能呈現 3D 內容　　　　　　　　　　　　不能呈現 3D 內容

❸ 掃描有發現「影片小驚喜」的那一頁，就會出現特別的影片了，趕快來一起尋寶吧！如果設定上有問題，歡迎上王可樂粉絲團詢問喔！

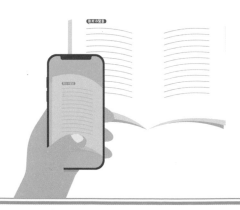

王可樂的
日文超圖解！

抓出自學最容易搞混的
100個核心觀念，
將單字、助詞、文法分好類，超好背！

作者／線上日語學習第一品牌
王可樂日語

目次
もくじ

チャプター 1 ✻ 文法

1-1	「なりました」前面的變變變	10
1-2	と＋動詞＝という＋名詞	12
1-3	比敬語更重要的事：てくれました	14
1-4	見えます / 見られます、聞こえます / 聞けます	16
1-5	兩種開始（始めます / 出します）	18
1-6	自他動詞的差異（当たります / 当てます）	20
1-7	2 種不同意思的「なさい」	22
1-8	全然的後面一定要加否定嗎？	24
1-9	你真的知道他有開心嗎？	26
1-10	我到底知不知道我幾歲？ （でしょうか / ですか）	28
1-11	必學！常見「ように」的四大用法	30
1-12	拜神的時候要有禮貌喔！ 第五種「ように」的用法	32
1-13	我的石門水庫開著！這是故意的嗎？	34
1-14	是隨便還是客氣呢？がいい／でいい的用法	36

1-15　考慮他人心情的邀約是哪一種呢？　　38
（〜ましょう／〜ませんか）

1-16　你的髮色是自然變色，還是染髮的呢？ ————　40
（なりました／しました）

1-17　你的用法決定是討厭或是感謝　　42
（てもらいます／されます）

1-18　兩種變紅有什麼不同（赤<ruby>あか</ruby>くなる／赤<ruby>あか</ruby>になる）　　44

1-19　「中」唸「ちゅう」還是唸「じゅう」呢？　　46

1-20　〜たら的三種用法！　　48

1-21　用了之後，動作順序就出來了！ ————　50
てから（動作列舉／先後順序）

1-22　你是「不吃」，還是「還沒吃」？　　52

1-23　很像某東西，但本質上卻不是該東西？　　54
（らしい／ような）

1-24　我有去日本嗎？は／が主詞的範圍大不同　　56

1-25　N3必學！動詞的名詞化　　58

1-26　兩種「好像」的差別在哪裡？ ————　62
（そうです／ようです）

1-27　「修飾句」的快速入門　　64

1-28　是習慣？還是規定？　　66

1-29　想逃避責任時……該怎麼說？　　68

1-30　你是知道？還是不知道？　　70

1-31	両種ことがあります	72
1-32	ています的四種用法	74
1-33	到底會不會喝酒呢？ 兩種變化「ようになりました」的用法	76
1-34	いなくなる vs. なくなる 有沒有自我意志的差別	78
1-35	そうです vs. らしいです	80
1-36	哪一種的變化更大？ ました vs. てきました	82
1-37	たばかり vs. たところ	84
1-38	哪一種的用法更生動更有感情？ たら vs. て	86
1-39	たら vs. なら的差別	88
1-40	てきました vs. 出しました	91
1-41	ですか vs. なんですか	93
1-42	と vs. ように這兩個引用有什麼不同	96
1-43	思う vs. と思っている	99
1-44	有沒有加と差很多！ません vs. ないと	102
1-45	は vs. なんか，想要表達情緒該用哪一個？	105
1-46	思う vs. 思うけど語尾怎樣加比較委婉呢？	108
1-47	から vs. ので	110

1-48	兩種「但是」的用法（けど vs. のに）	114
1-49	有關時間的長短（までに vs. 前_{まえ}に）	117
1-50	という vs. といった	120

チャプター 2 ❋ 助詞

2-01	を的三大用法	124
2-02	箱_{はこ}を / 箱_{はこ}に、犬_{いぬ}を木_きに / 犬_{いぬ}に木_きを	126
2-03	で！で！で！で！で！大全集	128
2-04	用「番茄醬」來學習「で、に、を、と」！	131
2-05	と 話します，是單向行為還是雙向呢？	133
2-06	開開心心？孤孤單單？（で、は）	135
2-07	強調數量詞的も	137
2-08	移動性動詞に / を	139
2-09	「場所に」與「場所で」的差別是什麼呢？	141
2-10	「完全肯定」以及「完全否定」	143
2-11	你還愛他嗎？改變に、を、と的助詞用法，可以傳達你的心情	145
2-12	表示人物對象的に和へ有什麼不同？	147
2-13	數量詞＋は、も的意思大不同！	148

2-14	疑問句中的は、が	150
2-15	を、まで，空間和時間的終點！	153
2-16	何回_{なんかい}か vs. 何回_{なんかい}も	155
2-17	二日_{ふつか} vs. 二日_{ふつか}に	158
2-18	を出_でる vs. に出_でる	161
2-19	て行_いく vs. に行_いく	164
2-20	がいっぱい vs. でいっぱい	166

チャプター 3 ✿ 単字

3-01	是請假？還是放假？（休みます / 休みです）	170
3-02	是看電視？還是被電視看？（寝ます / 眠ります）	172
3-03	不知道的溫度差（分からない / 知らない）	174
3-04	兩種高興（嬉しい / 楽しい）	176
3-05	なん or なに	178
3-06	「完全沒有」空く vs. 空く	180
3-07	変な vs. 変わった的差別？	182
3-08	嫌い vs. 嫌的差別？	185
3-09	上手 vs. 得意的差別？	187
3-10	返す vs. 戻す的差別？	190

3-11　きっと vs. 必_{かなら}ず ——————————— 192

3-12　だんだん vs どんどん的差別？　　195

3-13　とる vs. もつ的差別？　　197

3-14　冷_ひやす vs. 冷_さます　　200

3-15　原因_{げんいん} vs. 理由_{りゆう}的用法？　　203

3-16　思_{おも}い出_だす vs. 思_{おも}いつく的差別？ ————— 206

3-17　あげる vs. くれる為什麼對象不同　　208

3-18　重要_{じゅうよう} vs. 大切_{たいせつ}的差別？　　210

3-19　心配_{しんぱい}だ vs. 心配_{しんぱい}する的差別？　　212

3-20　ありがとう vs. お願_{ねが}い的差別？　　214

3-21　いる vs. ある的差別？ ——————————— 217

3-22　うるさい vs. 面倒臭_{めんどうくさ}い的差別？　　219

3-23　かなり vs. けっこう的差別？　　221

3-24　やっと vs. ついに的差別？　　224

3-25　押_おす vs. 押_おさえる的差別？　　226

3-26　派手_{はで} vs. 華_{はな}やか的差別？ ——————— 229

3-27　学生_{がくせい} vs. 生徒_{せいと}的差別？　　231

3-28　つかむ vs. つかまる的差別？　　233

3-29　勉強_{べんきょう}する vs. 学_{まな}ぶ vs 習_{なら}う的差別？　　236

3-30　帰_{かえ}る vs. 戻_{もど}る的差別？　　238

\ チャプター**1** /

文法

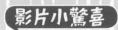
レッスン 1-1 ｜ 「なりました」前面的變變變

夏になりました。

變成夏天（夏天到了）。

重くなりました。

變重了。

運動するように
なりました。

變得開始有在運動了。

最近運動するようになりました。

「なりました」是個用來表示「變化」的動詞，前面可以接續「名詞・
な形容詞」，也可以接續「い形容詞」和「動詞」，其接續方式如下：

名詞

夏 に なりました。

變成夏天了（夏天到了）。

お金持ち に なりました。

變成有錢人了。

な形

元気 に なりました。
げんき

變健康了。

きれい に なりました。

變漂亮了。

い形

重 く なりました。
おも

變重了。

暑 く なりました。
あつ

變熱了。

動詞

運動する ように なりました。
うんどう

變得開始有在運動了。

野菜を食べる ように なりました。
やさい　た

變得開始有在吃蔬菜了。

! 若動詞是「なります」時，用來表示「即將、就要變成～」

涼し く なります。
すず

即將轉涼。

30歳 に なります。
さい

就要 30 歲了。

レッスン 1-2 ｜ と＋動詞＝という＋名詞

先生が言いました。
老師說。

先生が「おはよう」と言いました。
老師說早安。

おはよう！

ニュースを見ました。
看新聞。

桜が咲いたというニュースを見ました。
看到新聞播報櫻花開了。

「〜と動詞」＝「〜という名詞」

　日文句型「〜と言います／思います」裡的「と」用來表示「內容」，相當於英文中的「that」，在初級課程裡，我們很常看到「〜と言いました」的用法，在進入中級課程後會新出現「〜という…」的文法。 不管是「と」，還是「という」，它們的用法相同，都是用來「表示內容」，例如：

> **先生が言いました。**
> → **先生が「おはよう」と言いました。**
> 言いました 的內容是「おはよう」。

花子さんが言いました。

→ 花子さんが寂しいと言いました。

言いました 的內容是「寂しい」。

王さんが言いました。

→ 王さんが「無理です」と言いました。

言いました 的內容是「無理です」。

ニュースを見ました。

→ 「桜が咲いた」というニュースを見ました。

ニュース 的內容是「桜が咲いた」。

手紙を読みました。

→ 「来週 日本へ行く」という手紙を読みました。

手紙 的內容是「来週 日本へ行く」。

うわさを聞きました。

→ 「愛人ができた」といううわさを聞きました。

うわさ 的內容是「愛人ができた」。

レッスン 1-3 | 比敬語更重要的事：てくれました

せんせい　わたし　しゅくだい　なお
先生が私の宿題を直してくれました。

老師幫我修改作業。

せんせい　わたし　しゅくだい　なお
先生が私の宿題を直しました。

老師修改我的作業。

不加「くれます」可能會惹日本人生氣喔！

　　在日文中，當別人主動為我們做某件事情時，一定會使用「～てくれます」的方式來表達「感謝」，這是因為動詞如果沒有以「～てくれます」表示的話，會變成『別人幫我們做的事情是種「困擾」』。

　　以「老師幫我改作業」及「妹妹幫我掃房間」為例：

> せんせい　わたし　しゅくだい　　なお
> **先生が私の宿題を直してくれました。**
>
> 老師幫我改作業，很感謝老師。
>
> せんせい　わたし　しゅくだい　　なお
> **先生が私の宿題を直しました。**
>
> 好煩喔，老師改我的作業，真討厭……

> いもうと　わたし　　へや　　そうじ
> **妹 は私の部屋を掃除してくれました。**
>
> 妹妹幫我打掃房間，謝謝她的熱心。
>
> いもうと　わたし　　へや　　そうじ
> **妹 は私の部屋を掃除しました。**
>
> 真討厭，妹妹打掃我的房間，亂動我東西……

　　總而言之，當日本人主動為我們做某件事情時，我們會使用「～てくれます」來表示「感謝」，如果缺少了「くれます」，會變成那日本人的行為「很討厭，造成我的困擾」，這聽在對方的耳裡，可能會惹惱對方，因此要特別注意喔！

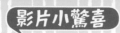

見えます / 見られます、聞こえます / 聞けます

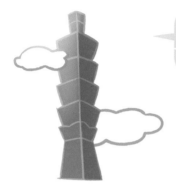

家から見えます。

從家裡就看得到

八時までに帰れば
見られます。

八點之前回家就可以看到

隣の音が聞こえます。

聽得到隔壁的聲音

修理すれば聞けます。

維修的話就可以聽

「看得見」與「聽得到」！

　　日文中用來表示「看得見」「聽得到」時，分別有 2 個動詞：「見えます」、「見られます」跟「聞こえます」、「聞けます」，它們有什麼不同呢？

見えます。

自然映入眼裡的景象。

見られます。

某種條件成立後，眼睛才能看到的景象。

> ## 聞[き]こえます。
> 自然傳入耳朵裡的聲音。
>
> ## 聞[き]けます。
> 某種條件成立後，耳朵才能聽到的聲音。

更簡單的說：只要眼睛耳朵沒有視覺或聽覺上的問題，眼睛直接看到的所有景象都使用「見[み]えます」，耳朵直接聽到的所有聲音都使用「聞こえます」。

例如人位於靜岡縣附近，眼前就是富士山了，這時可以講：
富士山[ふ じ さん]が見[み]えます。

當我們聽到電視上在播放「CHAGE and ASKA」的＜ On Your Mark ＞的歌曲時，我們可以講：
＜ On Your Mark ＞が聞[き]こえます。

而必須做某件事情後，才能看到某景象時使用「見[み]られます」，或做某事後，才能聽到某種聲音時，使用「聞[き]けます」。

例如人位於台灣，想看富士山的話，必須去日本才能看到→「富士山[ふ じ さん]が見[み]られます」，想聽「CHAGE and ASKA」＜ On Your Mark ＞時，需買 cd 或者上 youtube 搜尋才能聽到→「＜ On Your Mark ＞が聞[き]けます。」

レッスン 1-5 ｜ 兩種開始（始(はじ)めます／出(だ)します）

咲(さ)き始(はじ)めました。

開始開花。

泣(な)き出(だ)しました。

突然開始哭。

日文裡的「兩種開始」！

　日文中作爲複合動詞，用來表示「開始～」時，有「～始(はじ)めます」及「～出(だ)します」２種用法，

　以「下雨（雨(あめ)が降(ふ)ります）」爲例：

雨(あめ)が降(ふ)り始(はじ)めました。

開始下雨了。

赤(あか)ちゃんは（突然(とつぜん)）泣(な)き出(だ)しました。

小寶寶突然哭了起來。

18

儘管它們都有「開始～」的意思，但最大的差異在於「～始めます」單純是「某種動作開始發生了」，而「～出します」用於「突然」、「臨時」或「意想不到」的狀況中，也因此「～出します」通常搭配「突然／急に」等詞一起使用：

- 突然 ＋ ～出します
- 急に ＋ ～出します

例如：

赤ちゃんは泣き始めました。

小寶寶開始哭了。

赤ちゃんは（突然）泣き出しました。

小寶寶突然哭了起來。

彼女は笑い始めました。

她開始笑了。

彼女は（急に）笑い出しました。

她突然笑了起來。

　　這是日文檢定中很常出現的考題，大家請一定要特別注意喔。

レッスン 1-6 | 自他動詞的差異（当<ruby>当<rt>あ</rt></ruby>たります／<ruby>当<rt>あ</rt></ruby>てます）

ボールが<ruby>猫<rt>ねこ</rt></ruby>に<ruby>当<rt>あ</rt></ruby>たりました。

球「不小心」砸到貓咪。

ボールを<ruby>猫<rt>ねこ</rt></ruby>に<ruby>当<rt>あ</rt></ruby>てました。

「故意」拿球砸貓咪。

是故意?還是不小心?

　　常有學生詢問何時該使用「自動詞」,何時又該使用「他動詞」,其實區分的方法很簡單,當某件事情發生時:

・ 「非人為故意、非刻意」而發生 → 使用「自動詞」

・ 「人為故意、刻意」而發生 → 使用「他動詞」

再看看以下的例子及說明。

「衣服弄髒了」時…

> ❶ 去逛夜市衣服「不小心」髒了 → 自動詞
>
> 服<ruby>ふく</ruby>が汚<ruby>よご</ruby>れました。
>
> ❷ 「故意」把衣服用髒 → 他動詞
>
> 服<ruby>ふく</ruby>を汚<ruby>よご</ruby>しました。

「手機壞掉了」時…

> ❶ 手機「壽終正寢」 → 自動詞
>
> 携帯<ruby>けいたい</ruby>が壊<ruby>こわ</ruby>れました。
>
> ❷ 「故意」把手機弄壞 → 他動詞
>
> 携帯<ruby>けいたい</ruby>を壊<ruby>こわ</ruby>しました。

　　更簡單的說,如果你是「故意」讓某件事情發生時,使用「他動詞」,如果不是的話,使用「自動詞」。

　　另外,好孩子請一定要愛護動物,不管是貓咪還是小狗,只要是動物,都不可以要欺負他們喔。

お休みなさい。

你也早點睡覺。

お帰りなさい。

歡迎回家。

不是命令的「なさい？」

大家有想過一件事情嗎？在文法書上「～なさい」用來表示「輕微的命令」或「叮嚀」，常用於老師對學生，爸媽對小孩，或上司對下屬用。

那麼，爲什麼「老公回家」時，妻子要講「お帰^{かえ}りなさい」呢？

其實這 2 個「なさい」的意思完全不同：

「お休^{やす}みなさい」＝「休^{やす}んでください」

但「お帰^{かえ}りなさい」≠「帰^{かえ}ってください」（雖然也有「帰ってください」的意思）

例如老師對上課中玩手機的學生講：「勉強^{べんきょう}がしたくないなら、お帰^{かえ}りなさい（不想讀書的話，你回家吧）！」

當家裡人對於從外面回來的人會講「お帰^{かえ}りなさい」的原因爲：

「お帰^{かえ}りなさい」的「なさい」是「なさいます」省略「ます」的用法，由於「なさいます」是「します」的敬語，因此：

・「お休^{やす}みなさい」 → 命令
・「お帰^{かえ}りなさい」 → 尊敬

請大家不要搞混了喔。

影片小驚喜

レッスン 1-8	全然（ぜんぜん）的後面一定要加否定嗎？

> ## 全然（ぜんぜん）おいしい。
>
> 非常好吃。

　　大家覺得「全然（ぜんぜん）おいしい」這個用法是正確的？還是錯誤的呢？

　　如果是在考試中出現的話，它絕對是錯誤的用法，但在電視及漫畫中，常常會聽到「全然（ぜんぜん）おいしい」、「全然（ぜんぜん）おもしろい」等用法，這是爲什麼呢？

其實許多日本人會以「全然＋肯定」來表示很「很～、非常～」，這並不能說是搞錯「全然」的用法，而是「日語中的副詞用法是很容易發生變化的」。

除了「全然」外，「とてもおいしい」的「とても」也是個副詞，在以前它後面必須接續否定用法，「とても＋否定」用來表示「完全不～、完全沒～」
現在很常聽到的「とても間に合わない」之類的就是以前的舊式用法。

不過隨著時代的演變，「とても」用來指「完全不～／完全沒～」的用法變少了，反而作爲「非常～」的用法多了起來，這情況在「全然」的用法上也發生了，在舊版本的字典中用來表示「完全不～／完全沒～」，但在日本人的口說中卻常以「全然＋肯定」的用法出現。

也許有一天，日文中的「全然」會正式等於中文的「非常～」也說不定。

レッスン 1-9 | 你真的知道他有開心嗎？

彼はうれしいです。
かれ

他很開心。

彼はうれしそうです。
かれ

他看起來很開心

- -

日本人認為他人情緒應該客觀敘述

　中文裡的「我很開心」和「他很開心」句型相同，都是「主詞 + 形容詞」所組成的，但日文中句型的表示可不是這樣，
「私は嬉しいです」≠「彼は嬉しいです」。
わたし　うれ　　　　　　かれ　うれ

這是因為日本人認為「自己無法得知別人的心情是高興的」，因此在表示「別人很開心」時，會使用「看起來～的樣子（～そうです）」的句型來表示別人(第三人稱)的感覺，又或者使用「喜（よろこ）んでいます」來表示，也因此：

・彼（かれ）は嬉（うれ）しいです。（✕）
・彼（かれ）は嬉（うれ）しそうです。（○）
・彼（かれ）は喜（よろこ）んでいます。（○）

　　大家學到一定程度後應該有感覺到，日文是個很嚴謹的語言，在表示第三人稱的情緒或想法時，都要以客觀的角度來表示。

　　除了上述的用法外，也可以使用「～ようです」或「～らしい」等方式表現，以「怒（おこ）ります」為例：

・彼（かれ）は怒（おこ）っているようです。
・彼（かれ）は怒（おこ）っているらしいです。

　　總而言之，因為你不是對方，無法確定對方的真正想法、情緒，因此在說明對方的想法、心情時，避免直接使用「嬉（うれ）しいです」等方式來表示喔。

レッスン **1-10** | 我到底知不知道我幾歲？
（でしょうか / ですか）

わたし なんさい
私は何歳でしょうか？

猜猜看我幾歲。

わたし なんさい
私は何歳ですか？

我幾歲？我忘光了。

「猜猜看」是「ですか？」or「でしょうか？」

在日文中「～でしょうか」跟「～ですか」都是「疑問句」，中文意思也差不多，但它們的用法可不一樣：

・「～でしょうか」：說話者自己知道答案，卻要人「猜」

・「～ですか」：說話者自己也不知道答案，所以「詢問」別人

例如：

> 私は何歳でしょうか。
> わたし　なん　さい
> ─────────────────
> 知道自己幾歲，但要你們猜看看。
>
> 私は何歳ですか。
> わたし　なん　さい
> ─────────────────
> 自己也忘了自己幾歲了，誰能跟我講⋯⋯

這也是書上沒提及的用法，在學習時請特別注意。

下次看日本的猜謎節目時，大家不妨聽看看，主持人是不是就是對來賓講：

> 答えは何 でしょうか。
> こた　　なん
> ─────────────────
> 猜看看答案是什麼呢？
>
> 正しい答えは何番 でしょうか。
> ただ　　こた　　なんばん
> ─────────────────
> 正確的答案是幾號呢？

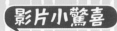

レッスン 1-11 | 必學！常見「ように」的四大用法

亀の ように 遅いです。

像烏龜一樣慢。

忘れない ように、
メモします。

爲了不要忘記寫筆記。

APPLE!!

英語が話せる
ように なりました。

變得會說英文了。

APPLE BANANA CAT DOG

早く寝る ように
してください。

請你早一點睡覺。

「ように」 的四大用法！

「ように」是日文中很常出現的用法，一般而言，它有以下四種意思：

❶ 像～一樣

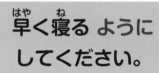

亀の ように 遅いです。

「像」烏龜「一樣」慢。

バラの ように、美しいです。

「像」玫瑰花「一樣」美。

❷ 爲了

忘（わす）れない ように 、メモします。

「爲了」不要忘記寫筆記。

風邪（かぜ）を引（ひ）かない ように 、服（ふく）を着（き）ます。

「爲了」不要感冒穿衣服。

❸ 變化

英語（えいご）が話（はな）せる ように なりました。

「變得」會說英文了。

運転（うんでん）ができる ように なりました。

「變得」會開車了。

❹ 委婉的要求

早（はや）く寝（ね）る ように してください。

「請」你早一點睡覺。

薬（くすり）を忘（わす）れない ように してください。

「請」不要忘記吃藥。

拜神的時候要有禮貌喔！
第五種「ように」的用法

ごうかく
合格しますように。

天公伯，我想要考上，求求你。

馬上就要考試了，天公伯仔，救命啊！

今年的日文檢定考試，大家都準備好了嗎？

日文中有句話講「困った時の神頼み」，這是「臨時抱佛腳」的意思。
儘管有的學生是採用「一夜漬け」的學習方式，但大多數的學生在考前還是會去寺廟裡拜拜的。

那麼，我們該怎麼向日本的神明祈願呢？其實很簡單，只要在願望後面加上「ように」就可以了，例如：
・ テストに合格しますように。
・ 早く元気になりますように。
・ 素敵な一年になりますように。
・ 仕事、うまくいきますように。

請一定要注意，由於祈願的對象是「神明」，因此請一定要使用「～ます＋ように」的句型來祈願，這樣才會尊敬神明喔。

※其他的ように的用法，請參照レッスン 1-11。

レッスン 1-13 ｜ 我的石門水庫開著！這是故意的嗎？

しゃかい まど あ
社会の窓が開いていますよ。

石門水庫開著喔。

しゃかい まど あ
社会の窓が開けてあります。

（故意）把石門水庫開著的。

立場想法不同，用法就不同！

・自動詞て＋います：非人為動作的「～著」，注重「發現」
・他動詞て＋あります：人為動作的「～著」，注重「目的」

例如： 我跟志零姊姊約會時，她「發現」我石門水庫沒關，她會說「社会の窓が開いていますよ（石門水庫開著喔）」， 這時我會說，天氣很熱，「為了」讓下面能透氣，所以「刻意」把褲子的拉鏈打開：「開けてあるんですよ。（故意開著的）」

又或者跟朋友去逛街，朋友「注意到」我的鼻毛很長都外露了，他會說 「鼻毛が出ていますよ。」（鼻毛跑出來了喔），這時我會說「留鼻毛的男人比較帥，「為了」保持帥氣，「出してあるんですよ。（故意讓鼻毛外露的！）」

也因此老奶奶「發現」牛仔褲有破洞時，她沒考慮到是年輕人故意用破的，她只會覺得新褲子怎麼會有破洞，對她而言，新褲子有破洞是「非人為動作」 →「自動詞て＋います」 但對年輕人而言，他知道「為了」時髦，廠商店家故意把褲子用破，新褲子有破洞是「人為動作」 →「他動詞て＋あります」。

コーヒーがいいです。
我想要喝咖啡。

コーヒーでいいです。
隨便都好，不然來杯咖啡好了。

カレーがいい。
我想吃咖哩。

カレーでいい。
咖哩也可以，你隨便煮吧。

見風轉舵的「で」與「が」！

在日文中很常聽到「〜がいい」跟「〜でいい」，它們的不同之處在於：
・〜がいい → 「其他的東西都不喜歡，只想要〜（會給人很任性的感覺）」。
・〜でいい → 「其他的東西也可以，但〜也 OK」，這是種「消極的選擇」，也是種「客氣」的表現方式。

在使用「〜でいい」時，必須注意：
當跟上司進飲料店時，被上司問說想要喝什麼時，回答「コーヒーでいいです」，喝什麼東西都可以，不然來杯咖啡吧，這是種「客氣」的表現方式。

但若是被太太或女朋友問「今晚想吃什麼？」時，回答「カレーでいい」時，會是「消極的選擇」，這會給對方「你煮的菜味道都差不多，吃什麼都隨便」的感覺，由於容易造成吵架的原因，需特別注意。

總而言之：
★對須保持客氣的人使用「〜でいい」。
★對須保持親密的人使用「〜がいい」就不會錯了喔！

レッスン 1-15 │ 考慮他人心情的邀約是哪一種呢？
（〜ましょう／〜ませんか）

一緒に散歩しましょう。

走，來去散步吧。

一緒に散歩しませんか？

要一起去散步嗎？

邀約日本人做某事時，必須注意的事情！

在日文中，邀請別人做某件事情時，有兩種表現方式，分別是：

❶ ～ましょう → 沒有考慮到對方的心情

❷ ～ませんか → 有考慮到對方的心情

以帶狗去散步為例：

散步^{さんぽ}しましょう。
不管狗要不要去散步，總之走啦！
散步^{さんぽ}しませんか。
要不要去散步啊，要的話走吧！

又或者帶女友去看電影：

映画^{えいが}を見^みに行きましょう。
不管女友想不想去看電影，總之去看啦！
映画^{えいが}を見^みに行きませんか。
要不要去看電影啊，要的話一起去吧！

　　當邀約的對象是日本人，特別是長輩、第一次見面的朋友等時，請不要使用「～ましょう」，否則會給對方強制的感覺，這是有點失禮的，

　　盡可能的使用「～ませんか」，讓對方思考是否願意一起參與行動，這也是較客氣的用法。

　　（不管是對狗或對朋友，一般會使用「～よう」／「～ない？」，這裡使用「～ましょう」／「～ませんか」只是為了方便初學者學習。）

レッスン 1-16｜你的髮色是自然變色，還是染髮的呢？ （なりました／しました）

髪が白くなりました。

頭髮變白色。

髪を白くしました。

頭髮染成白色。

是自然變化？還是人為改變呢？

日文中用來表示「變化」時，有 2 個動詞可以使用，分別是「なります」跟「します」。

・なります → 用來表示「自然變化」，例如：

> かみ しろ
> **髪が白くなりました。**
>
> 頭髮自然而然變白了。
>
> ね だん たか
> **ガソリンの値段が高くなりました。**
>
> 汽油的價格變貴了。
>
> はだ
> **肌がきれいになりました。**
>
> 皮膚變漂亮了。
>
> せいかつ べんり
> **生活が便利になりました。**
>
> 生活變得方便了。

・します → 用來表示「人為調整後的變化」，通常以「～を～く／にします」的句組出現，例如：

> かみ しろ
> **髪を白くしました。**
>
> 把頭髮染成白色了。
>
> ね だん たか
> **ガソリンの値段を高くしました。**
>
> 把汽油的價格調高了。
>
> はだ
> **肌をきれいにしました。**
>
> 讓皮膚變得更漂亮了。
>
> せいかつ べんり
> **生活を便利にしました。**
>
> 讓生活變得更方便了。

レッスン 1-17 你的用法決定是討厭或是感謝（てもらいます／されます）

> かんごし ちゅうしゃ
> 看護師に注射されました。
>
> 眞倒楣！被打針了。

> かんごし ちゅうしゃ
> 看護師に注射してもらいました。
>
> 感謝護士幫我打針。

到底是討厭？還是感謝？差幾個字差很多！

　　日文中「～られます」跟「～てもらいます」都可以用來表示受到對方的行爲動作，兩者都是「被～」的意思，不過在使用時需特別注意：

> ### ～られます。
> 被～（心不甘情不願的接受對方的行爲）。
>
> ### ～てもらいます。
> 請求對方幫忙～（對於對方的行爲充滿感激）。

以「被護士打針」為例：

看護師に注射されました。

真倒楣！明明不想打針，但還是挨了一針……

看護師に注射してもらいました。

感謝護士幫我打針。

再以「爸爸帶我去看牙醫」跟「媽媽剪我頭髮」為例：

父に歯医者へ連れて行かれました。

明明不想看牙醫，但硬是被爸爸帶去。

父に歯医者へ連れて行ってもらいました。

謝謝爸爸帶我去看牙醫。

母にカットされました。

好討厭，媽媽把我的頭髮剪的亂七八糟的……

母にカットしてもらいました。

媽媽幫我剪頭髮，謝謝媽媽。

かお あか
顔が赤くなる。

臉頰漸漸變紅。

しんごう あか
信号が赤になる。

紅綠燈轉紅。

「赤くなる」跟「赤になる」都是「變成紅色」的意思，但它們表現的方式是不一樣的。

首先：

· 「赤くなる」：在原本的顏色上，逐漸出現紅色的變化（能看到背景色的）

· 「赤になる」：原本的顏色消失，瞬間出現新的顏色（背景色看不到）

也因此「天空變成紅色」時，日本人會講：

· 空が赤くなる（○）

· 空が赤になる（×）

需注意的是，能以此方式表示的只限同時具有「形容詞」及「名詞」的顏色屬性單字，例如：「白い」、「白」／「黒い」、「黒」／「黄色」、「黄色い」等。

髪が白くなりました。

頭髮逐漸變白了。

携帯の画面が真っ白になりました。

手機的畫面突然一片白了。

レッスン 1-19 ｜ 「中」唸「ちゅう」還是唸「じゅう」？

使用 中
ちゅう
正在使用

一日 中
じゅう
一整天

在～當中／整個～（ちゅう／じゅう）

　有人詢問日文中的「～中」，什麼時候唸「ちゅう」，什麼時候又唸「じゅう」呢？在這邊一起說明。

　「～中^{ちゅう}」強調的是整體時間／數量中的「某部分」概念，它的前面可以接「期間」或「數量」形成：

❶期間＋中^{ちゅう}：夏休み中^{なつやす ちゅう}（暑假中的某一段時間）、今月中^{こんげつちゅう}（這個月裡的某時候）、今週中^{こんしゅうちゅう}（這星期中的某時候）

❷數量詞＋中^{ちゅう}：100人中^{にんちゅう}（100人裡的某幾個人）

❸動作性名詞＋中：是正在～；也就是～ています的用法，這是不一樣的，例如：仕事中^{しごとちゅう}、会議中^{かいぎちゅう}、準備中^{じゅんびちゅう}、お話中^{はなしちゅう}……

・冬休み中^{ふゆやす}（○ちゅう　×じゅう）に、アメリカへ行^いきます。

・参加者^{さんかしゃ}の100人^{にん}（○ちゅう　×じゅう）30人^{にん}が欠席^{けっせき}しました。

・お話中^{はなし}（○ちゅう　×じゅう）申^{もう}し訳^{わけ}ございません。

　「～中^{ちゅう}」強調的是整體中的部分概念，而「～中^{じゅう}」強調的則是「整體」的概念，它前面可以接「地點」，也可以接「期間」：

❶地點＋中^{じゅう}：世界中^{せかいじゅう}（整個世界）、ヨーロッパ中^{じゅう}（整個歐洲）

❷期間＋中^{じゅう}：今週中^{こんしゅうじゅう}（整個星期）、一日中^{いちにちじゅう}（一整天）、一晩中^{ひとばんじゅう}（整個晚上）

・夏休み中^{なつやす}（×ちゅう　○じゅう）遊^{あそ}びました。

・世界中^{せかい}（×ちゅう　○じゅう）から人々^{ひと}が来^きました。

レッスン 1-20 ～たら的三種用法！

雨が降ったら、
出かけません。

下雨的話，就不出門。

20歳？ はい

二十歳になったら、
お酒が飲めます。

20歲以後，才能喝酒。

起きたら、
もう 12 時でした。

起床後才發現已經 12 點了。

～たら的三種用法！

「～たら」在日文中有三種意思：

❶ 條件：「～たら＋順接句子」，「～的話，就…」：

> 雨が降ったら、出かけません。
>
> 下雨的話，就不出門。

> お金があったら、買い物します。
>
> 有錢的話，就去購物。

❷ 之後：「～たら、…ます」，「～之後才…」：

> 二十歳になったら、お酒が飲めます。
>
> 20 歲後才能喝酒。

> 給料をもらったら、携帯を買います。
>
> 拿到薪水後，才要去買手機。

❸ 意外：「～たら、…ました／でした」，「～後沒想到…」：

> 起きたら、もう 12 時でした。
>
> 起床後才發現已經 12 點了。

> 外へ出たら、雨でした。
>
> 出門後發現下雨了。

表示「意外」的たら，必須接續「ました／でした」，用來表示「意外」，另外，這裡的たら，可以用「と」替換，但句子後面還是必須接續「ました／でした」。

レッスン 1-21 | 用了之後，動作順序就出來了！ てから（動作列舉／先後順序）

夫が会社へ行って、子供が学校へ行きました。
おっと かいしゃ い こども がっこう い

老公去了公司，小孩去了學校。

夫が会社へ行ってから、子供が学校へ行きました。
おっと かいしゃ い こども がっこう い

老公去了公司後，小孩才去了學校。

「～て／～てから」的意思大不同？

「～て／～てから」都可以用來表示動作的先後順序，「做了動作 1 後，做動作 2」，不過這只限於「主詞是同一人」時才通用，當「主詞是不同人」時，它們的意思可就完全不同了。

當 AB 主詞是不同人時：

· 「～て」會變成「動作的列舉」，說明「A 做…，B 做…」，誰先做誰後做不知道，AB 動作的順序不明。

A	B
おっと かいしゃ い **夫が会社へ行って、**	こども がっこう い **子供が学校へ行きました。**
老公去了公司，小孩去了學校。	
はは ばん つく **母が晩ごはんを作って、**	こども へ や そうじ **子供が部屋を掃除しました。**
媽媽做了晚餐，小孩打掃了房間。	

· 「～てから」則是先後順序，說明「A 先…後、B 才…」。AB 動作的順序清楚。

A	B
おっと かいしゃ い **夫が会社へ行ってから、**	こども がっこう い **子供が学校へ行きました。**
老公去了公司後，小孩才去了學校。	
はは ばん つく **母が晩ごはんを作ってから、**	こども へ や そうじ **子供が部屋を掃除しました。**
媽媽做了晚餐後，小孩才打掃了房間。	

ご飯を食べません。

我不吃飯。

ご飯を食べていません。

還沒吃飯。

你是「不想吃？」還是「還沒吃？」

　　日文在表示「動作的否定」時，有「～ません」及「～ていません」兩種方式，雖然都是否定用法，但它們的意思是不同的。

❶ ～ません → 不想～（意志表現）

❷ ～ていません → 想～卻還沒～（狀態表現）

　　以「吃飯」跟「結婚」為例：

> ご飯を食べません。
>
> 不吃飯（沒有想要吃飯的欲望）。
>
> ご飯を食べていません。
>
> 想吃飯卻還沒吃（有想要吃的欲望）。

> 結婚しません。
>
> 不結婚（沒有想要結婚的欲望）。
>
> 結婚していません。
>
> 想結婚卻找不到對象（有想要結婚的欲望）。

　　總而言之，當你一點也不想做某件事情時，使用「～ません」，當你想做某件事，卻因為某些原因還沒實行時，使用「～ていません」這樣就不會錯了。

レッスン
1-23 | 很像某東西，但本質上是不是該東西？
（らしい／ような）

きょう なつ いちにち
今日は夏らしい一日です。

今天很有夏天的感覺（今天是夏天）。

きょう なつ いちにち
今日は夏のような一日です。

今天很有夏天的感覺（今天不是夏天）。

現在是不是夏天？

・ Ａらしい → 某情況具有Ａ的本質，無庸置疑，該情況是眞正的Ａ。

・ Ａのよう → 某情況像Ａ一樣，但並不是Ａ。

以「現在是夏天」爲例：

きょう　なつ
今日は夏らしいです。

今天的氣溫眞的很有夏天該有的溫度，快熱死人了。
（現在是夏天）。

きょう　なつ
今日は夏のようです。

今天熱得要死，像夏天一樣（現在不是夏天）。

再以「志零姊姊是正妹」爲例：

び　じん
志零姊姊は美人らしいです。

志零姊姊不上妝就很漂亮，正妹就是正妹
（志零姊姊是美人）。

び　じん
志零姊姊は美人のようです。

志零姊姊化了妝後變漂亮了，變成正妹了（志零不是正妹）。

另外「～のよう」在口說中可以用「～みたい」做替換，例如：

きのう　　すず　　　あき
・昨日は涼しくて秋みたいでした。（昨天很涼爽，像秋天一樣）

這也請一併記起來喔！

影片小驚喜

レッスン 1-24 ｜ 我有去日本嗎？は／が主詞的範圍大不同

私が十八歳の時、日本に行きました。

我十八歲時，某人去了日本。

私は十八歳の時、日本に行きました。

我十八歲時，我去了日本。

「は」是社長，「が」是課長！

在日文中「は」有「從句子頭影響到句子尾的意思在（即「大主詞」）」，而「が」能影響、可管理的範圍只有「が」後面緊接的一個名詞、動詞及形容詞短句（即「小主詞」）」。

わたし　さい　とき　にほん　き
私 が 18 歳の時、日本に来ました。

「我 18 歲時」，「（某人）來了日本」。
（「が」的管理範圍只到「18 歲の時」）

わたし　さい　とき　にほん　き
私 は 18 歳の時、日本に来ました。

「我 18 歲時」，「（我）來到日本」。
（「は」的管理範圍從句子頭到句子尾）

再以下面句子為例：

かのじょ　だいがくせい　とき　にほん　い
彼女 が 大学生の時、日本に行きました。

「她是大學生時」，「（某人）去了日本」。
（「が」的管理範圍只到「大学生の時」）

かのじょ　だいがくせい　とき　にほん　い
彼女 は 大学生の時、日本に行きました。

「她是大學生時」，「（她）去了日本」。
（「は」從句子頭管到句子尾）

彼女<ruby>彼女<rt>かのじょ</rt></ruby>との<ruby>結婚<rt>けっこん</rt></ruby>

和女朋友的婚禮

<ruby>日本<rt>にほん</rt></ruby>での<ruby>生活<rt>せいかつ</rt></ruby>

在日本的生活

<ruby>台北<rt>たいぺい</rt></ruby>までの<ruby>新幹線<rt>しんかんせん</rt></ruby>

到台北的新幹線

母（はは）への花（はな）

給媽媽的花

アメリカからのお土産（みやげ）

來自美國的土產

N3 必學，動詞的名詞化！

　　日文助詞「から」、「まで」、「へ」、「と」、「で」可以接續「の」，將動詞句子「名詞化」，句子在名詞化後會變得較簡短明瞭，因此這種用法常見於文章報紙的標題或口說中。

　　以下為典型的例句：

彼女と結婚します。

→ 彼女 との 結婚。

先生と相談します。

→ 先生 との 相談。

日本で生活します。

→ 日本 での 生活。

大学で勉強します。

→ 大学 での 勉強。

この新幹線は台北まで行きます。

→ 台北 までの 新幹線。

この電車は斗六まで行きます。

→ 斗六 までの 電車。

母<ruby>母<rt>はは</rt></ruby>に<ruby>花<rt>はな</rt></ruby>をあげます。

 <ruby>母<rt>はは</rt></ruby> への <ruby>花<rt>はな</rt></ruby>。

<ruby>彼女<rt>かのじょ</rt></ruby>に<ruby>電話<rt>でんわ</rt></ruby>をかけます。

 <ruby>彼女<rt>かのじょ</rt></ruby> への <ruby>電話<rt>でんわ</rt></ruby>。

アメリカから<ruby>お土産<rt>みやげ</rt></ruby>が<ruby>届<rt>とど</rt></ruby>きました。

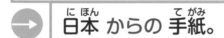 アメリカ からの <ruby>お土産<rt>みやげ</rt></ruby>。

<ruby>日本<rt>にほん</rt></ruby>から<ruby>手紙<rt>てがみ</rt></ruby>が<ruby>届<rt>とど</rt></ruby>きました。

日本 からの <ruby>手紙<rt>てがみ</rt></ruby>。

　需注意的是日文沒有「にの」的用法，因此助詞是「に」時，一律改成「への」才正確。

　這是 N3 等級的實用文法，如果想要更加提升日文的話，請一定要學起來喔。

兩種「好像」的差別在哪裡？
1-26 （そう／よう）

隣の王さんは病気が治って、元気そうです。

隔壁的老王病好像好了，很健康的樣子。

東京にいる王さんは病気が治って、元気なようです。

在東京的老王病好像好了，很健康的樣子。

「そうです」、「ようです」兩個好像的不同！

「～そうです」跟「～ようです」都是「好像～」的意思，但它們的使用狀況是不同的。

～そうです：「有親眼確認」

隣の王さんは病気が治って、元気そうです。

我親眼見到小王變得很健康。

～ようです：非親眼所見，「推測」

東京にいる王さんは病気が治って、元気なようです。

我住台灣，收到來自東京的小王的信，信上他說他病已好了。（我並沒有親眼確認）

下次看日本的美食節目時，不妨注意看看，當外景主持人看著擺在眼前的美食時，是不是會講「美味しそう」，而當外景拍攝車經過某家大排長龍的餐廳時，主持人是不是會講「この店は行列ができていて、美味しいようです」。

（這家店大排長龍，味道應該很不錯的樣子）

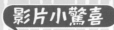
レッスン
1-27 | 「修飾句」的快速入門

私 が 好きな人。

我喜歡的人。

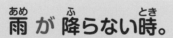

兎 が 寝る部屋。

兔子睡覺的房間。

雨 が 降らない時。

沒有下雨的時候。

王さん が 読んだ本。

小王讀的書。

お尻（しり）が 大（おお）きい猫（ねこ）。

屁股很大的貓。

「修飾句」快速入門！

　所謂的「修飾句」指的是：

　「動詞／名詞／形容詞（A）」 ＋「名詞（B）」，形成「A 的 B」的意思，需特別注意的是：

　「修飾句」的主詞是「が」，但日文中為了避免一個句子中有太多「が」，不容易辨視其功用，因此修飾句的主詞が，也能用の替換。

私（わたし）が 好（す）きな人（ひと） ＝ 私（わたし）の 好（す）きな人（ひと）
我喜歡 的 人
兎（うさぎ）が 寝（ね）る部屋（へや）＝ 兎（うさぎ）の 寝（ね）る部屋（へや）
兔子睡覺 的 房間
雨（あめ）が 降（ふ）らない時（とき）＝ 雨（あめ）の 降（ふ）らない時（とき）
沒下雨 的 時候
王（おう）さん が 読（よ）んだ本（ほん）＝ 王（おう）さん の 読（よ）んだ本（ほん）
小王讀過 的 書
お尻（しり）が 大（おお）きい猫（ねこ）＝ お尻（しり）の 大（おお）きい猫（ねこ）
屁股很大 的 貓

1-28 是習慣？還是規定？
レッスン

健康のために、毎日 9 時に寝る ことにしています。

爲了健康，我每天堅持九點睡覺。

図書館では、携帯が使えない ことになっています。

圖書管理規定禁止使用手機。

是習慣？還是規定呢？

在日文中，我們很常看到「～ことにしている」跟「～ことになっている」的用法，它們究竟是什麼意思呢？

- ことにしている：人為習慣的堅持

> 早く起きるために、毎日 9 時に寝る こと
> にしています。
>
> 為了能早點起床，每天堅持 9 點就睡覺。

> 健康のために、一日一時間運動する こと
> にしています。
>
> 為了健康，一天堅持運動一小時。

- ことになっている：規定

> 図書館では、携帯が使えない ことになっ
> ています。
>
> 在圖書館裡，規定禁止使用手機。

> 博物館では、カメラが使えない ことにな
> っています。
>
> 在博物館裡，規定禁止使用相機。

影片小驚喜

レッスン 1-29 | 想逃避責任時……該怎麼說？

服を汚したんです。

我把衣服弄髒了。

服が汚れたんです。

不知道爲什麼，衣服髒掉了。

68

【想逃避責任時，使用自動詞？】

他動詞、自動詞的差異為：

他動詞：強調「人為目地」→（為了某個原因）某人把某東西⋯了

自動詞：強調「發現」→某個東西⋯了

也因此「衣服髒掉」時⋯

他動詞	服を汚したんです。
	因為玩耍等原因我把衣服弄髒了……
自動詞	服が汚れたんです。
	不知道為什麼回家時發現衣服已經髒掉了……

又或者向朋友借的「電腦壞掉」時⋯

他動詞	パソコンを壊したんです。
	因為操作不良等原因，我把電腦弄壞了……
自動詞	パソコンが壊れたんです。
	我也沒有怎樣，電腦自己就壞了……

　如果你不想因此被罵，或不想賠償電腦維修費用，想要逃避責任時，使用自動詞，強調衣服不是我故意弄髒的、電腦不是我弄壞的。

レッスン 1-30 | 你是知道？還是不知道？

いいえ、知りません。

真的嗎？我沒聽說。

いいえ、知りませんでした。

真的嗎？你不說我都不知道。

【是知道？還是不知道？】

「知[し]ります」作爲否定的答句時，有「知[し]りません」、「知[し]りませんでした」兩個講法，它們的不同在於：

❶ 知[し]りません：眞的嗎？我不相信你講的……，表示「懷疑」。

❷ 知[し]りませんでした：原來如此，你沒跟我講我都不知道……，表示「恍然大悟」。

這是初級學生常會疏忽的用法，在使用時要特別注意喔。

例如：例如：

A：王[おう]さんが結婚[けっこん]したことを知[し]っていますか。

你知道小王已經結婚了嗎？

B：いいえ、知[し]りません。

不知道，你講的是眞的嗎？沒騙人吧？

A：王[おう]さんが結婚[けっこん]したことを知[し]っていますか。

你知道小王已經結婚了嗎？

C：いいえ、知[し]りませんでした。

原來如此，你不跟我講我都不知道（怪不得小王最近氣色很好，原來是結婚了啊……）。

レッスン 1-31 | 両種ことがあります

祭りに参加した ことがあります

曾經參加過祭典

映画を見る ことがあります

有時候會去看電影

「～ことがあります」的兩種用法！

　　「～ことがあります」在日文中有兩種用法，分別是 N5 的「曾經～」及 N3 的「偶爾～、有時候會～」。

❶ 動詞 た＋ことがあります（曾經～）

> 祭_{まつ}りに参加_{さんか}し た ことがあります。
>
> 曾經參加過祭典。
>
> 日本_{にほん}で相撲_{すもう}を見_み た ことがあります。
>
> 曾經在日本看過相撲。

❷ 動詞 る＋ことがあります（偶爾～，有時候會～）

> 映画_{えいが}を見_み る ことがあります。
>
> 有時候會看電影。
>
> 朝_{あさ}十時_{じゅうじ}まで寝_ね る ことがあります。
>
> 有時候會睡到早上 10 點。

　　另外也可以「動詞 ない＋ことがあります」來表示「有時候不會～」，在作爲「有時候」的意思時，前面通常可以接續「ときどき」，形成 「ときどき＋動詞る／動詞ない＋ことがあります」的句型。

レッスン 1-32 | ています的四種用法

子供は今寝ています。

小孩現在正在睡覺。

林さんは結婚しています。

小林結婚了。

王さんはサラリーマンをしています。

王仔是上班族。

私は毎日運動しています。

我每天運動。

常見的「ています」用法！

「動詞て＋います」有許多意思，今天我們從初級開始學起，先介紹最常見的四種用法：

❶正在～

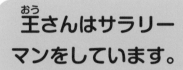

子供は今寝ています。

小孩現在正在睡覺。

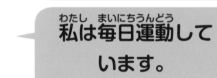

母はドラマを見ています。

媽媽正在看連續劇。

❷狀態

林さんは結婚しています。
りん　　　　けっこん

小林結婚了。

「呉中現」を知っていますか。
　　　　　　　　　　し

你認識吳中現嗎？

❸職業

王さんはサラリーマンをしています。
おう

王仔是上班族。

李さんは日本語教師をしています。
り　　　　にほんごきょうし

小李是日語老師。

❹反覆、習慣動作

私は毎日運動しています。
わたし　まいにちうんどう

我每天運動。

陳さんは毎朝緑茶を飲んでいます。
ちん　　　　まいあさりょくちゃ　　の

小陳每天早上喝綠茶。

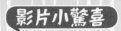

レッスン
1-33 到底會不會喝酒呢？
兩種變化「ようになりました」的用法

お酒が飲めるようになりました。

本來不會喝酒，現在變得會喝酒了。

お酒を飲むようになりました。

本來就會喝酒，只是因為某些原因不喝，但現在又開始喝酒了。

「～ようになりました」的兩種變化！

「～ようになりました」用來表示「變化」時，它有 2 種接續方式：

・「能力動詞」＋ようになりました
　→ 能力變化（本來不會～，現在變得會～）

・「一般動詞」＋ようになりました
　→ 情況、習慣變化（本來就會～，因爲某些原因中止，但現在開始又～）

以喝酒爲例：

能力變化	お酒が飲めるようになりました。
	本來不會喝酒，現在變得會喝酒了。
情況習慣變化	お酒を飲むようになりました。
	本來就會喝酒，只是因爲某些原因不喝，但現在又開始喝酒了。

再以吃靑花菜爲例：

能力變化	ブロッコリーが食べられるようになりました。
	本來不敢吃靑花菜，現在變得敢吃了。
情況習慣變化	ブロッコリーを食べるようになりました。
	本來就敢吃靑花菜，只是不吃，但現在又開始吃靑花菜了。

ペットが いなくなりました。	ペットが なくなりました。
寵物走失了。	寵物過世了。

LOST DOG

這兩個句子有什麼差別呢？

　　日文的存在有兩種，一種是「います」，另外一種是「あります」，有自我意志的生命體使用「います」，沒有意志的東西使用「あります」，例如：

> 川に魚がいます。
>
> 河裡有魚。
>
> 冷蔵庫に魚があります。
>
> 冰箱裡有魚。

活魚有意志，而冰箱裡的魚已經沒有意志。

否定的時候，「います」會變成「いません」；「あります」則會變成「あ
りません」。

　　日文中「なりました」表示變化，因此有自我意志的生命體走到別的
地方的時候，會說「いなくなりました」；東西不見了的時候，會說「な
くなりました」。

> ### 犯人がいなくなりました。
> はんにん
>
> 犯人逃走了。
>
> ### 財布がなくなりました。
> さいふ
>
> 錢包不見了。

　　最後，「ペット」是動物有自我意志，當他走失的時候，會說「いな
くなりました」；「なくなりました」則用於沒有意志的對象，用在人
或動物的時候，就是代表他失去意志了，也就是去世的意思。

> ### ペットが いなくなりました 。
>
> 寵物走失了。
>
> ### ペットが なくなりました。
>
> 寵物過世了。

　　有沒有「い」一個字，差別非常大，請注意喔！

❗ なくなりました的漢字
　　・「不見了」寫成「無くなりました」
　　　　　　　　　　　　な
　　・「去世了」寫成「亡くなりました」
　　　　　　　　　　　　な

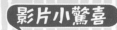

レッスン 1-35 | そうです vs. らしいです

桐島が部活をやめる そうです。

聽說桐島要退社了。

桐島が部活をやめる らしいです。

聽說桐島要退社了。

（對內容沒興趣、或是不知是真是假）

「そうです」、「らしいです」都有「聽說」的意思，使用「そうです」時，用來表示來源可靠，例如：

・天気予報によると、雨が降るそうです。（聽說明天會下雨）

而「らしい」的「聽說」，常用來表示「說話的人不曉得內容是真是假、有所懷疑的時候會使用「らしい」，例如：

この薬を飲むと1ヶ月で 10kg 痩せる そうです よ。

（聽說吃了這個藥，一個月內就能瘦 10 公斤。）
→這個藥超厲害的

この薬を飲むと1ヶ月で 10kg 痩せる らしいです よ。

（聽說吃了這個藥，一個月內就能瘦 10 公斤。）
→真的假的不曉得

另外當說話的人對內容沒興趣，內容真假都無所謂的時候也使用「らしい」。

明日 新しいラーメン屋がオープンする そうです よ。

（聽說新的拉麵店明天要開幕了。）
→我很想去吃喔

明日 新しいラーメン屋がオープンする らしいです よ。

（聽說新的拉麵店明天要開幕了。）
→拉麵店又開幕了，太多了吧

因此，「桐島が部活をやめるそうです」代表從可靠的來源聽到這個消息，或者說話的人對桐島退社此事很有興趣；反之「桐島が部活をやめるらしいです」代表說話的人懷疑這個訊息，或對這個話題沒有特別感興趣。

最近、寒くなりました。
さいきん さむ

最近天氣變冷了。

最近、寒くなってきました。
さいきん さむ

最近天氣漸漸變冷了。

哪一個句子會給人「更冷」的感覺呢？

我們曾介紹過「～てきました」可以表示「從過去一直持續到現在～」，例如：

・子供の頃から、ピアノを習ってきました。

（我從小就一直學習鋼琴。）

「なります」表示變化，「なってきました」則表示從過去一直到現在一直持續變化，也就是現在「還在」變化當中，變化還沒完了，因此「寒くなってきました」的意思是，天氣開始變冷了，但還沒有特別冷的感覺。

而「なりました」則表示變化完了，「寒くなりました」就是已經完全進入了寒冷的天氣，所以，兩個句子比起來，「寒くなりました」可以表示更冷的感覺。

最近、寒くなり ました。

最近天氣變冷了。

最近、寒くなっ てきました 。

最近天氣漸漸變冷了。

除了「なります」之外，「てきました」的前面若是變化性動詞，都會是表示「在變化當中」喔！例如：

風邪が治ってきました。

感冒漸漸變好了。（可是還沒完全好）

火事の原因がわかってきました。

失火的原因逐漸清楚了。（可是還沒完全清楚）

影片小驚喜

<ruby>レッスン</ruby> 1-37 | たばかり vs. たところ

試著想看看，你剛下班，一位朋友打電話找你去看電影，你想回答「我剛下班了，可以馬上去喔」時，要說哪一個句子才對呢？

今、仕事が終わっ たばかり だから…	今、仕事が終わっ たところ だから…
我剛下班了（聽起來有休息時間不夠的感覺，後面可以接「你可以等我嗎？」之類的句子。）	我剛下班了。 （單純表達剛結束。）

今 いま　仕事 しごと　終 お

たところ跟たばかり都有「事情剛剛發生完」的意思，但たばかり表達說話的人認爲某個事情發生完後過「不久」的感覺。

「不久」是說話人的判斷，所以時間幅度比較大，比如說，一年前買的電腦最近常常當機，說話的人覺得「一年」的時間太短的話，可以使用たばかり。

84

・1年前に買ったばかりのパソコンが壊れました。

（才買一年的電腦居然壞掉了。）

　說話的人覺得時間太短、過的時間不夠長的話，「五年」也可以說た
ばかり。

・5年前に建てたばかりの家が地震で倒れました。

（五年前才蓋好的房子因地震而倒塌了。）

　那麼，「仕事が終わったばかり」和「仕事が終わったところ」的差
別是什麼呢？

　很多人下班後會先休息，說 たばかり 的話，聽起來會有種「休息時
間還不夠」、「休息時間太短」的感覺，後面可以接「我可以先吃飯
嗎？」、「你可以等我嗎？」之類的句子。
　反之，たところ 只表達「剛剛結束」，所以如果想說「可以馬上去」
的話，要說「今、仕事が終わったところだから」才對喔！

今、仕事が終わっ たばかり だから、30
分後でもいいですか？

我剛下班了，可以等我 30 分鐘嗎？

今、仕事が終わっ たところ だから、すぐ
行けますよ。

我剛下班了，可以馬上去喔！

哪一種的使用更生動且有感情？
たら vs. て

駅に行ったら、友達に会いました。

到車站碰巧遇見朋友。

駅に行って、友達と会いました。

到車站跟朋友見了面。

這兩個句子到底有什麼差別呢？

之前曾介紹過，たら 可以用於說過去的事情（〜たら〜た），這時候
たら 代表「偶然、發現」：

・体重を測ったら、また太っていました。

（量體重之後發現又胖了）

所以，「駅に行ったら、友達に会った」和「駅に行って、友達と会った」都是在車站跟朋友見面，但是 たら 表達的是根本沒有約好而碰巧遇到，て 的話則是本來就約好朋友在車站見面，兩句有這樣的不同。

駅に行ったら、友達に会いました。

到車站碰巧遇到朋友。

駅に行って、友達と会いました。

到車站跟朋友見面。

て 可以敘述兩個動作的先後順序或因果關係，但假若後句的結果是讓人感到意外的話，就要用 たら。

❶運動をして、３キロ痩せました。
❷運動をしたら、３キロ痩せました。

❶句的 て 是原因理由，「因爲我運動，所以瘦了３公斤」，單純敘述事實而已。

但是，たら 代表發生意料之外的事，所以❷句有「我沒想到減了３公斤這麼多，有點驚喜。」這種感覺。如果想表示更大驚喜的話，把 ３キロ 改成 ３キロ「も」就可以了。

たら 可以傳達感情，會讓句子更生動一些，如果你能善用 〜たら…た 的話，口語表達能力就會更上一層樓喔！

レッスン 1-39 | たら vs. なら的差別

日本へ行っ たら カメラを買います。

如果我有去日本的話，買一台相機。

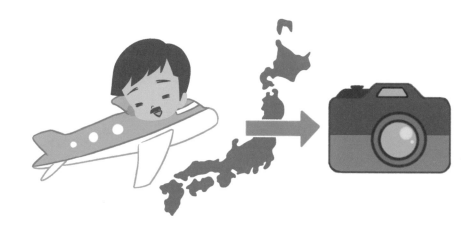

日本へ行く なら カメラを買います。

如果我有去日本的話，買一台相機。

這兩個句子的差別在哪裡呢？

　　兩個句子的中文意思都是「如果我去日本的話，會買一台相機。」

　　但是，買相機的地方不一樣，「日本へ行ったら～」的話，一定要到日本之後才買相機。

　　「日本へ行くなら～」的話，到日本之後、在出發前都可以，看說話時的語境。

．．

　　日本的假設句型有四種：「たら」、「と」、「ば」、「なら」，

　　一般而言，初學者使用「たら」句子大致上就不太會出錯。

　　但是，有一件事要注意：

　　「A たら B」句型，たら 的前面是動詞時，A 和 B 之間有時間先後順序的關係。例如：

　　・日本へ行ったら、早くチケットを買ったほうがいいですよ。

　　　意思「你去到日本之後，最好早點買機票」。

　　這是因爲「A（動詞）たら B」句型一定有先 A 再 B 的順序，先「日本へ行く」後再「チケットを買う」。

　　那麼，想說「如果你要去日本的話，最好早點買機票」的話，該怎麼說才好呢？

　　只要前面不是動詞的話，就沒有時間順序的問題了，「行く」→「行くんです」：

　　・日本へ行くんだったら、早くチケットを買ったほうがいいですよ。

　　可以表達「如果你要去日本的話，最好早點買機票」的意思。

「ＡんだったらＢ」更正式的講法是「ＡならＢ」，因此：
日本へ行くなら、早くチケットを買ったほうがいいですよ。

也可以表達「如果你要去日本的話，最好早點買機票」的意思。

• •

「ＡたらＢ」、「ＡとＢ」、「ＡばＢ」如果Ａ部分是動詞的話，都
有先Ａ再Ｂ的順序；但「ＡんだったらＢ」或「ＡならＢ」，則是沒有
先後順序。
　　這是「たら、と、ば」和「なら」很大的差別。

　　學日本小朋友假設句基本上都用「ＡたらＢ」，當Ａ的部分是動詞而
且是非先Ａ做後再做Ｂ的時候，用「んだったら」或者「なら」，基本
上就不會出錯！
　　★可是，全部都用 たら 的話，口氣會很像小朋友，所以中級以上的
　　　人需要學「と、ば」的用法喔。

　　最後，一起看什麼樣的句子需要用「んだったら／なら」吧！
　　「如果你要剪頭髮的話，我幫你介紹一位很好的美容師。」
　　「剪」是動詞，而且不是先「剪頭髮」再「介紹」的順序。所以需要
用「んだったら／なら」。
　　・髪を切るんだったら／なら、いい美容師さんを紹介しますよ。

てきました vs. 出^だしました

雨^{あめ}が降^ふっ てきました。

下起雨來了（下起雨來了而影響到我）。

雨^{あめ}が降^ふり 出^だしました。

下起雨來了（只敘述下雨的事情）。

上面兩句都是「下起雨來了」的意思，
但如果是在戶外的話，很多人會說「降^ふってきた」，這是爲什麼呢？

❶犬が走りました。

❷犬が走ってきました。

　這兩個句子都是描述狗跑，❶句沒有說到狗狗往什麼方向跑，❷句雖然也沒說到方向，但是一看到「てきました」就知道狗狗是往我的方向跑過來。

❸友達が電話をかけました。

❹友達が電話をかけてきました。

　❸句說「朋友打了電話」，沒有說打電話給誰。❹句說「朋友打電話給我」，「てきました」可以描述前面的事情跟「我」的關係。

　人在外面的時候，很多人會說「降ってきました」的理由，第一個是因為雨滴落下來，描述雨滴往我這方向的移動；第二個是因為下雨這件事情跟我有關。

　「降り出しました」只敘述下雨的事情，下雨這件事跟我無關，而「降ってきました」時，表示下雨這件事跟我有關，下雨會影響到我，我必須撐雨傘，或是衣服會被淋濕等。

　此外，「降ってきました」也可以描述心理上的影響。

　人在辦公室裡，可是下雨讓我感到很煩的時候，我可以說「あ～、降ってきました」。還有，在日本旅館裡第一次看見下雪好開心的時候，也可以說「雪が降ってきました！」。

　日文常會以自己的角度來描述世界，下次當下起雨來而影響到你時，說「雨が降ってきました」是更道地的說法喔！

レッスン 1-41 | ですか vs. なんですか

ハンバーガーが好き^す ですか？

你喜歡漢堡嗎？

ハンバーガーが好き^す なんですか？

你是不是很喜歡漢堡？

學習初級日文的時候，ん／の 會先學到「問理由、說明原因」的用法：

A：どうしてケーキを食べないん ですか？

為什麼你不吃蛋糕？

B：ダイエットをしているん です。

因為我正在減肥當中。

此外，ん／の 還有「確認」的用法，這指的是依據。

自己看到的或聽到的事做判斷，然後向對方「確認」自己的判斷是否正確：

カレーが好きですか？

你喜歡咖哩嗎？

カレーが好きなん ですか？

你是不是很喜歡咖哩？

「好きですか」是單純的提問，說話人完全不知道對方喜不喜歡咖哩。

但是，「好きなんですか」的話，可能是說話人看到對方吃咖哩，而判斷對方應該喜歡咖哩，因此向對方做確認。

再舉一個例子，同事送我「東京香蕉」的時候，我會問同事「你去過

日本嗎？」，因為看到「東京香蕉」而推測同事應該去過日本，為了要向對方確認，所以會說「日本へ行ったんですか。」才對。

　如果是說「日本へ行きましたか。」的話，就會讓人覺得，雖然看到「東京香蕉」，但是沒想到對方去了哪裡，說話人好像有點缺乏想像力的感覺。

　另外，跟朋友聊天的時候，「んですか」會變成「の？」。

・「寒い？」是單純問「你冷嗎？」，沒有包含說話人的任何判斷及推測。

・「寒いの？」也是「你冷嗎？」的意思，但是會暗示「你看起來有點冷」，可以表現出關心對方的態度。

　所以，電視劇或漫畫裡面，貼心女孩在說疑問句的時候，句尾常常加上「の」喔！

| # と vs. ように，這兩種引用有什麼不同？

先生は私に 8 時に来る **と** 言いました。

老師跟我說他 8 點會到。

先生は私に 8 時に来る **ように** 言いました。

老師跟我說 8 點時請過來。

と 和 ように 都可以用於引用，但是 ように 另外可以表示「請求、指示、忠告」等內容（基本上用在「上對下」或對同輩），所以上面兩個句子的意思是：

せんせい わたし　じ　　く
先生は私に 8 時に来る と 言いました。

老師跟我說他 8 點會到。

せんせい わたし　じ　　く
先生は私に 8 時に来る ように 言いました。

老師跟我說 8 點時請過來。

用 ように 的時候，以動詞原形或ない形就可以表示「なさい、てください、てほしい」等等的語氣，例如：

せんせい わたし　じ　き
先生は私に 8 時に来なさい と
い
言いました。

＝

せんせい わたし　じ　く
先生は私に 8 時に来る ように
い
言いました。

老師跟我說 8 點時請過來。

お医者さんからお風呂に入らない でください と 言われました。

＝ お医者さんからお風呂に入らない ように 言われました。

醫生跟我說請不要泡澡。

日本へ行く弟に薬を買って来 てほしいと 頼みました。

＝ 日本へ行く弟に薬を買って来る ように 頼みました。

弟弟要去日本了拜託他幫忙買藥。

　　最後，有一件事要特別注意：ように基本上是用於「上對下」或對同輩，所以在向長輩或客人請求的時候，不能直接使用喔！

　　例如我跟課長說請課長先休息「課長に先に休んでくださいと言いました。」這樣的一段話，如果用ように時，該怎麼說呢？
・課長に先に休むように言いました。（×）
・課長に先に休んでくださるように言いました。（○）

レッスン 1-43 | 思います vs. と思っています

彼は会社を辞める と思います。

我覺得他要辭職。

彼は会社を辞めよう と思っています。

他打算辭職。

「と思います」「と思っています」用來「表達意志、願望」以及「判斷」。

說明「當場想到的內容」或「表達堅強的意志、堅定的願望」時，使用「と思います」：

・今からコンビニに行こうと思いますが、何か欲しいものありますか。

（我現在要去便利商店買東西，你有什麼想要買的嗎？）

而描述他人的意志、願望時，一定要用「と思っています」。

他打算買機車。

・彼はバイクを買おうと思っています。（○）

・彼はバイクを買おうと思います。（✕）

表達判斷的時候，「と思う」「と思っている」的前面放動詞、形容詞、名詞的普通體。

> 午後から雨が降ると思います。
> ------
> 我覺得下午會下雨。
>
> 日本のラーメンはしょっぱいと思います。
> ------
> 我覺得日本拉麵很鹹。

表達自己的判斷時，通常用「と思います」，但特別想表達「別人覺得～，可是我覺得～」強調自己的判斷時，才會說「と思っています」。

・両親は反対しているけど、私は歌手になれると思っています。

（雖然父母反對我，可是我相信自己可以成為歌手。）

另外，描述別人的判斷時，也一定使用「と思っている」。

他覺得日本物價不貴。

・彼は日本の物価は安いと思っています。（○）

・彼は日本の物価は安いと思います。（×）

　所以，一看到「と思います」就知道主語一定是「我」，看到「と思っています」的時候，前面是普通體的話，大致上描述他人的判斷，前面是「意向形」或「～たい」的話，要確認前面有沒有主語，如果有主語的話，描述那個人的願望或意志，沒有的話，就是「私は」被省略掉。

> **彼は会社を辞める と思う 。**
>
> 我覺得他要辭職。
>
> **彼は会社を辞めよう と思っている 。**
>
> 他打算辭職。

影片小驚喜

レッスン 1-44 | 有沒有加差很多！（ません vs. ないと）

ダイエットし ません。

不做減肥運動。

ダイエットし ないと。

必須做減肥運動。

動詞ない形代表「不做」，那麼後面加一個「と」又代表什麼意思呢？

日文中，關於「必須」的句型有很多，講法都很長：

なければならない／なければいけない

なくてはならない／なくてはいけない

在口語中，「ければ」會變為「きゃ」，「ては」會變成「ちゃ」，而「ならない」和「いけない」常常會被省略掉。

5 時に起きなければなりません。

 5 時に起きなきゃ。

必須在 5 點起床。

レポートを出さなくてはいけません。

 レポートを出さなくちゃ。

必須繳交報告。

「なければ」比「なくては」更正式，「ならない」比「いけない」更正式，所以「なければならない」常用於正式場合；相反地，「なくてはいけない」常用於私人場合。

但是，和「なくてはいけない」相比，更口語的句型是「ないといけない」，常用於跟朋友聊天或自言自語。另外它也和「なくてはいけない」等一樣常常省略「いけない」，會變為「ないと」。

> じぶん に嘘をついたらダメです。素直 になら
> ないと。
>
> 你不能對自己說謊，必須對自己誠實。
>
> ぼく もっと頑張ら ないと。
>
> 我必須更努力。

由此可知，「ダイエットしない」是「不做減肥運動」的意思，但是「ダイエットしないと」則是「必須做減肥運動」，有沒有「と」這個字意思就會差很多，請注意！

レッスン 1-45 | は vs. なんか， 想要多表達情緒該用哪一個？

たいわん
台湾のドラマ は 見ません。
み

我不看台劇。

たいわん
台湾のドラマ なんか 見ません。
み

我才不看什麼台劇。

「なんか」是一個可以表達情緒的助詞，和「など」有緊密關係。「など」最常見的意思是「等等」，表示列舉。

・レモンなどの酸っぱいものが好きです。

（我喜歡檸檬等很酸的東西。）

「など」也可以是「之類的」、「什麼的」等意思，用來表達厭惡、輕視的態度。如果用在自己身上的話，則表示謙虛。

> お前などに教えない。
>
> 我才不告訴你。
>
> 私などまだまだです。
>
> 像我這樣的人還很菜啦。

「なんか」也有表示列舉與表示厭惡、輕視或謙虛語氣的用法，而且，與「など」相比，是更口語的說法。

> 清水寺なんかの古いお寺に興味がある。
>
> 我對清水寺等古寺廟有興趣。
>
> 生卵なんか食べない。
>
> 我才不吃生雞蛋。

因此，「台湾のドラマなんか」代表說話的人輕視台劇，表示對台劇感到無聊。

台湾のドラマ は 見ません。

我不看台劇。

台湾のドラマ なんか 見ません。

我才不看什麼台劇。

「なんて」則是比「なんか」更口語的說法，表示厭惡、輕視或謙虛的態度，但沒有表示列舉的用法。另外，「なんか」、「なんて」的接續並不一樣。

「なんか」的前面是名詞或動詞て形。

・カンニングなんかしていない。

・カンニングをしてなんかいない。

（我才沒有作弊什麼的。）

「なんて」的前面，名詞、動詞て形或句子都可以。

・レストランの行列に並ぶなんて、時間の無駄です。

（排隊等餐廳什麼的很浪費時間。）

最後，「なんて」還有表示吃驚的用法，這是沒有輕視的態度的。

・試験に合格できたなんて信じられません。

（我真不敢相信，我居然通過考試。）

これがいいと思<ruby>思<rt>おも</rt></ruby>う。

我覺得這個好。

これがいいと<ruby>思<rt>おも</rt></ruby>う
けど。

我覺得這個好。
[我希望聽您的想法]

けど 是口語中常見的詞，最基本的意思是「不過」。

・<ruby>旅行<rt>りょこう</rt></ruby>に行きたいけど、<ruby>時間<rt>じかん</rt></ruby>がない。

（我想去旅遊，不過沒時間。）

但是除了表示轉折之外，只單純連接上下句的用法也有，這時候不表示任何意思。

・<ruby>今<rt>いま</rt></ruby>から<ruby>買<rt>か</rt></ruby>い<ruby>物<rt>もの</rt></ruby>に<ruby>行<rt>い</rt></ruby>くけど、<ruby>何<rt>なに</rt></ruby>か<ruby>買<rt>か</rt></ruby>うものある？

（我現在要去買東西，你有什麼要買的嗎？）

然後，在句末時，けど 可以表示委婉或有餘意的感覺。

・これがいいと思うけど。

（我覺得這個好……）

けど 在句末時表示後句有省略，所以需要去推測省略什麼樣的句子。

可以依循前面的語境來猜出省略什麼，有可能是「不過有點貴」或「不過今天先不用」這種轉折的內容，此外，けど 後面很常省略「你覺得如何呢？」。

・これがいいと思うけど [どう思う？]

（我覺得這個好 [你覺得呢？]）

日本人想要間接地確認對方的反應的時候，把 けど 放在句末，不直接說 どう？ 之類的。

如果句末沒有 けど 的話，會讓人有種只說自己的意見，沒有想聽對方意見的感覺，所以在說自己的意見時，句末加 けど 的話，會帶有委婉、溫柔的語氣。

在比較正式的場合，不能用 けど 而是要使用 が，が也有和 けど 一樣的功能喔！

こちらがよろしいと思います。

我覺得這個好。

こちらがよろしいと思いますが。

我覺得這個好 [我希望聽您的想法]。

レッスン 1-47 | から vs. ので

3時(じ)だから、休憩(きゅうけい)しよう。

三點了，休息吧！

3時(じ)なので、休憩(きゅうけい)しましょう。

已經三點了，要不要休息一下呢？

「から」、「ので」都表示因果關係，最主要的差別是禮貌的程度。

以「因為飛機 6 點起飛，所以我要 2 點出門」這個句子來舉例，在自言自語或跟朋友說的時候，不會使用「ので」。

飛行機が 6 時に出発するから、2 時に出ないといけない。

自言自語、跟朋友說：飛機 6 點要起飛，我 2 點不出去不行。

飛行機が 6 時に出発するので、2 時に出ないといけません。

有禮貌的講法：飛機 6 點要起飛，如果 2 點不出發，實在來不及。

「ので」是和別人說話，需要禮貌的口氣時才出現的，因此在自己思考或不需要禮貌口氣的時候，通常不會出現，另外「ので」也可以用在請求的句子。

・寒いから、窓を閉めて。

（太冷了，幫我關窗戶。）

這個句子不能把「から」換成「ので」，原因在於「閉めて」是普通體，沒有帶有禮貌的口氣，「ので」和「閉めて」的禮貌程度不一樣，所以不能使用「ので」。換句話說，如果後句使用更禮貌的講法的話，可以使用「ので」，但不能使用「から」。

・寒いので、窓を閉めていただけませんでしょうか。（○）
・寒いから、窓を閉めていただけませんでしょうか。（×）

（有點冷，可以請你幫我關窗戶嗎？謝謝。）

勸誘也是一樣，如果向朋友說的時候，就會使用「から」，需要禮貌口氣的時候，則會使用「ので」。

3時（じ）だから、休憩（きゅうけい）しよう。

三點了，休息吧！

3時（じ）なので、休憩（きゅうけい）しましょう。

已經三點了，要不要休息一下呢？

但是，對話焦點在原因上的時候，即使需要禮貌口氣，也需要使用「から」，而不能使用「ので」。

比如說，問原因的時候：

・試験（しけん）が近（ちか）いから、図書館（としょかん）にこんなに人（ひと）が多（おお）いんですか。（○）
・試験（しけん）が近（ちか）いので、図書館（としょかん）にこんなに人（ひと）が多（おお）いんですか。（×）

（是因爲考試快到了，所以圖書館這麼多人嗎？）

焦點在原因的時候只能用「から」，所以「から」的後面可以接「だ／です」，但是「ので」的後面需要接後句，沒有後句的話，會暗示後句。

・面試官：どうして我（わ）が社（しゃ）を志望（しぼう）するのですか。

（您爲什麼希望在我們公司工作？）

・應徵者：自分（じぶん）の専門知識（せんもんちしき）が活（い）かせると考（かんが）えたからです。（○）
自分（じぶん）の専門知識（せんもんちしき）が活（い）かせると考（かんが）えたのでです。（×）
自分（じぶん）の専門知識（せんもんちしき）が活（い）かせると考（かんが）えたので、志望（しぼう）いたしました。（○）

（是因爲我認爲在貴公司可以發揮自己的專業知識。）

說「から」的話，焦點會在原因上，所以將原因說出來會感到不好意思或害羞的時候，可以說「ので」。

　　A：すみません。充電器、貸していただけませんか。
　　　　(不好意思。請問可以借我充電器嗎？)
　　B：どうしたんですか。
　　　　(怎麼啦？)
　　A：バッテリーがなくなってしまったので……。
　　　　(我的手機沒電了。)

レッスン
1-48 | 2種「但是」的用法！（けど vs. のに）

運動^{うんどう}しているけど、痩^やせない。

我有在運動，可是沒有變瘦。

運動^{うんどう}しているのに、痩^やせない。

我明明有在運動，卻都沒有變瘦。

「けど」和「のに」都表示「但是」，不過「のに」還帶有不滿、遺憾、疑問等的語氣。

　　說了「運動しているのに」這句話，表示說話的人本來以爲運動後一定會變瘦，不可能不會變瘦。

　　所以運動了卻沒有變瘦時，使用「のに」表示說話的人很不高興。

　　如果是「運動しているけど」的話，說話的人雖然期待會變瘦，但是沒有 100% 的信心，所以就算沒變瘦，口氣中也沒帶著不滿。

運動しているけど、痩せない。

我有在運動，可是沒有變瘦。

運動しているのに、痩せない。

我明明有在運動，卻都沒有變瘦。

　　「のに」是當說話的人有 100% 的信心的時候才可以使用，但是「けど」只要半信半疑的時候就可以，所以「けど」可以和「やっぱり（果然）」一起使用。

・田中さんはいつも時間を守らない。３時に待ち合わせをしたけど、やっぱり遅れてきた。

（田中先生每次都不準時。我跟他約了三點見，果然他還是遲到了。）

　　「けど」還可以用在爲了避免他人誤會的場合。

・髪を切ったけど、失恋したわけじゃないよ。

（我剪了頭髮，可是並不是因爲失戀）

「のに」帶有說話人生氣、驚訝等的感情，所以除了「卻」之外，「のに」也可以翻成「竟然」、「才」。

朝６時から並んだのに、チケットが買えなかった。

我早上六點排隊買票，竟然買不到。

４月なのに、すごく暑い。

才４月就那麼熱。

「のに」可以表現出鮮明的感情，所以和朋友聊天的時候，常用「のに」，如果說「けど」的話，語氣就會變得平淡一點。

レッスン 1-49 | 有關時間點的長短？（までに vs. 前^{まえ}に）

5時^じまでに電話^{でんわ}をください。

請在 5 點前打給我（5 點前任何時間都可以接）。

5時前^{じまえ}に電話^{でんわ}をください。

請在 5 點前打給我 （快到 5 點的時候才可以接）。

「までに」和「前に」都有「之前」的意思，但是有些差別。

我們先來複習「まで」和「までに」的差別。

昨日、7時間寝ました。

昨天睡了七個小時。

昨日、7時に寝ました。

昨天7點去睡覺。

睡幾個小時這種「做多久」的敘述不能加「に」；幾點睡覺這種「在什麼時候做」的狀況需要加「に」。

「まで」和「までに」也是一樣，「まで」表示「做到什麼時候」；「までに」表示「在什麼時候之前做」，所以不能用於持續性的動作。

5時まで働きます。

工作到5點。

5時までに提出してください。

請在5點前交給我。

那麼，「5 時までに」和「5 時前に」有什麼差別呢？

「5 時までに」代表從現在到 5 點前的任何時間都可以；2 點、3 點、4 點都可以。但是，「5 時前に」則是代表快到 5 點的時候，所以 2 點、3 點，或 4 點 0 分都不行，一般來說是 4 點 50 分到 59 分左右。所以如果對方說「5 時前に電話ください」，而你在 3 點打電話的話，對方應該無法接電話。

---

5 時までに電話をください。

請在 5 點前打給我（5 點前任何時間都可以接）。

5 時前に電話をください。

請在 5 點前打給我（快到 5 點的時候才可以接）。

❗「前に」作爲表示先後順序時，沒有「快到～」的意思。

・映画を観る前に牛乳を買った。

（看電影之前，買了一杯牛奶。）

レッスン 1-50 | という vs. といった

「専業的作風」
という番組に出た。
ばんぐみ で

他上了一個叫做「專業的作風」的電視節目。

「専業的作風」
といった 番組に出た。
ばんぐみ で

他上了「專業的作風」等等的電視節目。

　「〜という ＋ 名詞」這個句型，用於在聽者有可能不知道「〜」時用。

　比如說，台灣人都知道「宮原眼科」，但很多日本人卻不知道，如果跟日本人只說「昨日、宮原眼科に行きました。」的話，聽話的人應該以為你去看了眼科。所以，後面需要補充說明宮原眼科是個冰淇淋店。

昨日、「宮原眼科」に行きました。

我昨天去了「宮原眼科」。

昨日、「宮原眼科」というアイスクリーム屋さんに行きました。

我昨天去了一家叫做「宮原眼科」的冰淇淋店。

「〜といった + 名詞」這個句型是列舉的時候使用。

甘い食べ物が好きです。

我喜歡甜食。

ドーナツやチョコレートといった甘い食べ物が好きです。

我喜歡甜甜圈、巧克力等等的甜食。

以這個句子來舉例，ドーナツ、チョコレート是個例子，當然其他的甜食也喜歡。

開頭的第一個句子，說話的人只有上了一個電視節目叫做「專業的作風」，但是，第二個句子的話，他已上了幾個電視節目，「專業的作風」是其中一個而已。

「專業的作風」という番組に出た。

他上了一個叫做「專業的作風」的電視節目。

「專業的作風」といった番組に出た。

他上了「專業的作風」等等的電視節目。

＼ チャプター **2** ／

助詞

影片小驚喜

レッスン 2-01 | を的三大用法

りんご を 食(た)べます。

吃蘋果。

公園(こうえん) を 散歩(さんぽ)します。

在公園散步。

大学(だいがく) を 出(で)ます。

大學畢業。

快速入門「を」的三大用法！

助詞「を」有許多用法，在初級的課程中，建議以下三種用法一定要學會。

① 動作的對象。相當於中文的「把」。

> りんご を 食^たべます。
>
> （把蘋果吃掉）

> 要^いらない服^{ふく} を 雑巾^{ぞうきん}とします。
>
> （把不要的衣服拿來當抹布用）

② 在某場所裡移動／穿越，或者經過某場所。相當於英文的「around」／「across」。

> 公園^{こうえん} を 散歩^{さんぽ}します。
>
> （在公園裡散步走來走去）

> 「西螺大橋」 を 渡^{わた}ります。
>
> （經過「西螺大橋」）

③ 離開某場所。相當於英文的「out of」。

> 大学^{だいがく} を 出^でます。
>
> （離開大學，大學畢業）

> 電車^{でんしゃ} を 降^おります。
>
> （下電車，從電車裡出來）

箱をしまいます。

把箱子收起來。

箱にしまいます。

收進箱子裡面。

犬を木にむすびます。

把狗綁在樹上。

犬に木をむすびます。

把樹綁在狗上。

犬に木を？把樹綁在大狗上？

在日文裡，當「Aを」可翻譯為中文的「把A」、「將A」之類的意思時，「A」的部份是可人為控制、調整的，而「Bに」常被用來表示「目標」，也就是「把A，或者將A弄到B上」，例如：

服をたんすにしまいます。

把衣服收到衣櫥裡。

ゴミをゴミ箱に入れます。

把垃圾放入垃圾筒裡。

也因此：

・犬を木にむすびます。

　是「把狗綁到樹」的意思。

需特別注意的是，在神話故事中，曾看過這樣的句子：

・犬に木をむすびます。

　（把樹綁到狗身上。）

這句子是：「把樹木綁到連人類抱不動，非常非常巨大的狗身上」的意思，由於這種情況根本不可能發生，因此只會在繪本、童話故事等中看到這樣的句子。

で！で！で！で！で！大全集

太郎は宿題で一人でキッチンでミキサーで
3分でバナナでジュースを作りました。

【因爲】作業，太郎【一個人】【在】廚房裡【用】果汁機【花了】
三分鐘【用】香蕉做出果汁。

で 有多種意義，但是核心概念是「表示動作背景」，什麼是動作的背景呢？

❶【動作的地方】在哪裡做？

　　・スーパーで買_かい物_{もの}します。

　　（在超市買東西。）

另外還有其他 6 種概念：

❷【工具、材料、手段】用什麼方法做？

　　・じゃんけんで決_きめます。

　　（用猜拳決定。）

❸【參與人數】幾個人一起做？跟誰一起做？

　　・家族_{かぞく}で旅行_{りょこう}する。

　　（跟家人一起去旅遊。）

❹【原因】為什麼做？為什麼會發生？

　　・風邪_{かぜ}で学校_{がっこう}を休_{やす}みました。

　　（因感冒而請假沒上課。）

❺【時間、金額】用多少時間、金錢做？

　　・1 週間_{しゅうかん}で届_{とど}きます。

　　（一個星期會送達。）

　　・3000 円_{えん}で借_かりました。

　　（用三千日圓租借了。）

❻ で還能用來表示【範圍】，常見的用法爲「在～中…最…」：

・夜空で一番明るい星。

（夜空中最亮的星星。）

❼此外，で還可以連接單字或句子：

このホテルはきれいだ。そして安い。

このホテルはきれい で 、安い。

これ間飯店既漂亮又便宜。

最後介紹一個使用 6 個 で 的短句：
太郎は宿題【で】一人【で】キッチン【で】ミキサー【で】3分【で】バナナ【で】ジュースを作った。

【因爲】作業，太郎【一個人】【在】廚房裡【用】果汁機【花了】三分鐘【用】香蕉做出果汁。

用「番茄醬」學習「で、に、を、と」

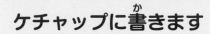

ケチャップで書^かきます

用番茄醬寫字。

ケチャップに書^かきます

在番茄醬上寫字。

ケチャップを描^かきます

畫番茄醬。

ケチャップと書^かきます

寫「番茄醬」。

用「番茄醬」來學習「で、に、を、と」！

　　日文的助詞有各種意思，以「番茄醬（ケチャップ）」爲例，搭配適當的動詞，就能衍生出「で」、「に」、「を」、「と」4個助詞個別的意思。

❶「で」 → 「工具、方法手段」，例如：
ケチャップで書きます。（用番茄醬寫字。）
スクワットで筋肉を鍛えます。（用深蹲訓練肌肉。）

❷「に」 → 「存在」或「進入、放入、寫入等」，例如：
ケチャップに書きます。（在番茄醬上寫字。）
電車に乗ります。（搭電車、進入電車。）

❸「を」 → 「動作的對象」，例如：
ケチャップを描きます。（畫番茄醬。）
魚を食べます。（吃魚。）

❹ 「と」 → 「動作的內容」，例如：
ケチャップと書きます。（寫「番茄醬」。）
「君のことが好きです」と言っていました。（說了「喜歡你」。）

レッスン
2-05 | と 話します，是單向行為還是雙向呢？

友達に話します。

（單向行為。）

友達と話します。

（雙向行為。）

133

用に、用と意思差很多

・人に＋Ｖます：單方面的動作

・人と＋Ｖます：雙方面的動作

例如：

> ### 駅で友達に会いました。
> 我在車站「碰巧」見到了朋友。
>
> ### 駅で友達と会いました。
> 跟朋友「約好」在車站見面。

大家再試著想看看：

・私は志零姉姉と結婚したいです。

結婚一定要 2 個人簽字同意才能結婚，因此必須使用「と」，如果使用「に」的話，那就變成單方面的行為，也就是「我想跟志零姉姉結婚，但她可不想跟我結婚……」，這樣婚是結不成的喔！

也因此絕不是每個動作に、で都可以替換使用，當動作必須是雙方面都進行才能成立時，只能使用「と」，像是「結婚します」、「喧嘩します」等，若使用「に」的話，會有一種「一個巴掌是拍不響」的感覺，句子是會變得很奇怪的喔。

　開開心心？孤孤單單？(で、は)

みんなで旅行に行きました。

我們大家一起去旅行了。

みんなは旅行に行きました。

大家都去旅行了。（但我沒有去）

みんな「で」、みんな「は」有什麼不同呢？

在日文中常會看到「一人で」「二人で」「みんなで」的「で」用法，在沒有其他條件的情況下，這種「～で」的用法是「包含我在內，每個人都…」的意思，更簡單的說是「總數」的概念，相當於「total」，「共」的意思，例如：

・二つでいくらですか。（二個要多少錢？）
・三つで 500 円です。（三個共 500 圓。）

也因此：
・（私は）みんなで旅行に行きました。

    →我們大家一起去旅行。

但當它是「みんなは」時，這裡的「は」會變成對比的「は」：
・私はすしは好きですが、刺身は嫌いです。

（我喜歡壽司，不喜歡生魚片。）

也因此「みんなは旅行に行きました」的句型時，會是
・（私は家で受験勉強しているのに、）みんなは旅行に行きました。

    → 我在家準備考試，大家都去旅行了。

在區分「みんなで」跟「みんなは」時，請特別注意，不要搞錯喔。

掃除は５時間<ruby>もかかりました<rt></rt></ruby>。

そうじ じ かん

打掃花了五個小時。

マラソンは 20 キロも走ります。

はし

馬拉松要跑 20 公里。

部屋に 50 人もいます。

へ や にん

房間裡塞滿了 50 人。

數量詞＋「も」的意思！

　　日文中「數量詞」＋「も」時，能用來強調「多」， 一般而言，常見接續有：

❶ 時間＋も

・掃除は【5 時間】【も】かかりました。

　　→ 強調久（打掃花了 5 個小時。）

❷ 距離＋も

・マラソンは【20 キロ】【も】走ります。

　　→強調距離遠（馬拉松要跑 20 公里。）

❸ 數量＋も

・部屋に【50 人】【も】います。

　　→ 強調數量多（房間裡塞滿了 50 人。）

　　不過如果數量詞的開頭是「1」，例如「1 秒」、「1 人」等接續「も」時，會變成強調「數量少、沒有」，例如：

・「1 秒」も要りません。→連一秒也不用。

・「1 人」もいません。→連一個人也沒有。

日本（に / へ）旅行します。

（目的地）

日本（を）旅行します。

（移動的地方）

是「日本に／へ旅行します」還是「日本を旅行します」呢？

　　基本上，「日本に／へ旅行します」或「日本を旅行します」全都正確，
這是因爲「旅行します」是個「移動性動詞」，前面可以接續「に」、
「へ」、「を」，但不同的助詞，會讓句子產生不同的意思。

・場所 + に／へ + 移動性動詞

に 表示「進入」某個目的地；へ 表示「前往」某個目的地。

会社に戻ります。
かいしゃ もど

回到公司。

学校へ行きます。
がっこう い

前往學校。

・場所 + を + 移動性動詞

表示「移動、經過」某個地方

トンネルを通ります。
とお

通過隧道。

道を渡ります。
みち わた

過馬路。

也因此：

日本 に 旅行します。
にほん りょこう

進到日本旅行。

日本 へ 旅行します。
にほん りょこう

前往日本旅行。

日本 を 旅行します。
にほん りょこう

旅遊日本。

「場所に」與「場所で」的差別是什麼呢？

島にモアイ像があります。

在島嶼上有摩艾石像。

島で結婚式があります。

在島嶼上舉辦婚禮。

「場所に」與「場所で」！

　「あります」除了表示「存在」的意思外，還有「舉辦～、發生～」的意思，相當於「行います」，當前面的地點使用助詞「に」時，它是「存在」的意思，當前面的地點使用助詞「で」時，它是「舉辦、發生」的意思，標準的句型為：

① A 場所「に」＋「B 物品」があります（在 A 場所，有 B 物品），此時「あります」是「有～」的意思，例如：

> ### 島 に モアイ像が あります。
> 在 島嶼上 有 摩艾石像。
>
> ### 京都 に 清水寺が あります。
> 在 京都 有 清水寺。
>
> ### 台北 に 101 ビルが あります。
> 在 台北 有 101 大樓。

② A 場所「で」＋「B 活動」があります（在 A 場所，舉辦／發生 B 活動），此時「あります」是「舉辦～」的意思，例如：

> ### 島 で 結婚式が あります。
> 在 島嶼上 舉辦 婚禮。
>
> ### 京都 で 祇園祭が あります。
> 在 京都 舉辦 祇園祭。
>
> ### 台北 で デモ活動が あります。
> 在 台北 發生 抗議活動。

何でも食べます。

什麼都吃。

何も食べません。

什麼都不吃。

是「什麼都吃」？還是「什麼都不吃」？

　　日文的疑問詞很有意思，它在接續「でも」或「も」後，會失去原有的疑問詞詞性，而且還會讓句子變成「肯定」或「否定」句。

　　當「疑問詞＋でも」時，句子是肯定句，用來表示「什麼都～」

　　當「疑問詞＋も」時，句子是否定句，用來表示「什麼都不～」

以「何」為例：

何＋でも＋食べます。

什麼都吃。

何＋も＋食べません。

什麼都不吃。

同樣的情況在「誰」、「どこ」也是相同的，例如：

誰でもできます。

誰都做得到。

誰もできません。

誰都做不到。

どこでも行きます。

什麼地方都去。

どこも行きません。

什麼地方都不去。

大家可以多練習一下句子，相信很快就能上手。

❗ いつも（いつ＋も）、誰も（誰＋も）等後面也可以接續肯定句，
這是例外用法。

| 你還愛他嗎？改變に、を、と的助詞用法，可以傳達你的心情

★以下都是「我們分手了」的意思，
　但是心情上卻都不一樣喔！

彼^{かれ}に振^ふられました。

（我喜歡他但被甩掉了。）

彼^{かれ}と別^{わか}れました。

（我討厭他，他也討厭我。）

彼^{かれ}を振^ふりました。

（你這個垃圾，不要出現在我眼前。）

· ·

用「分手」來思考「に、と、を」的意思！

　日文助詞「に、と、を」的意思非常多，今天我們用「分手」來思考
這 3 個助詞能淬生出什麼意思。

・彼に振られました→ 人に〜られます＝被某人〜

類似用法有：

> 妻に叱られました。
>
> 被老婆罵了。
>
> 先輩に褒められました。
>
> 被前輩誇獎了。

・彼と別れました→ 人と〜ます＝跟某人〜

類似用法有：

> Ｇ排妹と結婚します。
>
> 跟Ｇ排妹結婚。
>
> チンピラと殴り合います。
>
> 跟小混混互毆。

・彼を振りました→ 人を〜ます＝把某人〜

類似用法有：

> ゴミを捨てました。
>
> 把垃圾丟掉。
>
> お金を貯めました。
>
> 把錢存起來。

146

表示人物對象的に和へ有什麼不同

彼かれは私わたしに「別わかれよう」と言いいました。

他對我說「分手吧」！

王おうさんは神様かみさまへ願ねがいを込こめてお参まいりします。

小王很誠心地向神明許願。

對象的「に」「へ」有什麼不同？

助詞「に」「へ」都可以用來表示「對象」，但不能完全替換。

當動詞是「伝つたえる」、「電話でんわする」、「願ねがい出でる」等帶有「傳達想法」性質的動詞時可以替換。

・先生せんせいに伝つたえる（○） ・先生せんせいへ伝つたえる（○）
・彼女かのじょに電話でんわする（○） ・彼女かのじょへ電話でんわする（○）

若動詞不具「傳達想法」的特性時，無法替換。

・店員てんいんにパソコンの修理しゅりを依頼いらいする（○）
・店員てんいんへパソコンの修理しゅりを依頼いらいする（×）
・子供こどもに英語えいごを教おしえる（○）
・子供こどもへ英語えいごを教おしえる（×）

レッスン 2-13 | 數量詞＋は、も的意思大不同！

3000 万円 は かかります。

至少要花 3000 萬圓。

3000 万円 も かかります。

竟然要花 3000 萬圓。

數量詞＋はも意思大不同！

　　包括時間、金額等在內，日文的數量詞接續「は」跟「も」時，會產生不同的意思：

・數量詞＋は → 用來表示「最小限度」，中文可以適當翻成「至少要～」

・數量詞＋も → 用來表示「數量很大」，表示「意外」，中文可以適當翻爲「竟然要～」

　　以「日本で家を買うのに、いくらかかりますか。（在日本買房要多少錢？）」爲例，其回答分別爲：

---

❶ 3000 万円 は かかります。

至少要花 3000 萬圓。

❷ 3000 万円 も かかります。

竟然要花 3000 萬圓。

　　再以「ハイブリッドの車ですから（因爲是油電混合車）」爲例：

---

❶ プリウスは 100 万元 は します。

prius 這台車 至少 要價 100 萬元。

❷ プリウスは 109 万元 も します。

prius 這台車 竟然 要價 109 萬元。

レッスン 2-14 | 疑問句中的は、が

黑皮はどんな犬
です か？

黑皮是隻什麼樣的狗？

どれが黑皮ですか？

哪一隻是黑皮？

黑皮は毛が真っ黒な
犬です。

黑皮是隻毛色全黑的狗。

この犬が黑皮です。

這隻狗是黑皮。

「は」「が」使用規則（疑問詞篇）！

　　「は・が」的使用規則較複雜，今天介紹最入門的一種，使用疑問詞
的位置來區分「は・が」，另外在疑問句中，使用「は」做問句時，答
句使用「は」回答，如果是使用「が」做問句時，答句使用「が」回答。

　　・は＋疑問詞 → は問は答

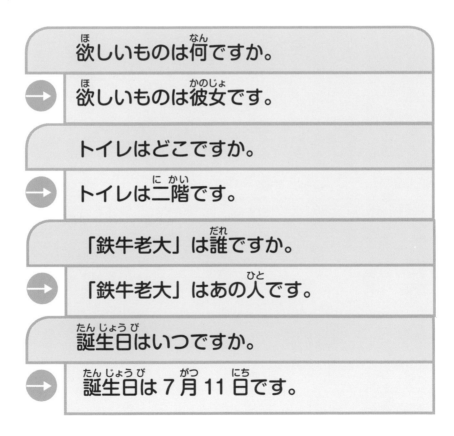

・ 疑問詞＋が → が問が答

何(なに)がほしいですか。

→ あなたのキスがほしいです。

どこがトイレですか。

→ そこがトイレです。

誰(だれ)が「鉄牛老大」ですか。

→ あの人(ひと)が「鉄牛老大」です。

いつが誕生日(たんじょうび)ですか。

→ 7月(がつ)11日(にち)が誕生日(たんじょうび)です。

隅(すみ)を きれいに掃除(そうじ)しました。

把角落的部分打掃乾淨了。

隅(すみ)まで きれいに掃除(そうじ)しました。

連角落都打掃乾淨了。

「まで」最基本的意思是「到」，表示空間或時間的終點。

駅(えき)までバスで行(い)きます。

坐公車到車站。

6時(じ)まで働(はたら)きます。

工作到六點。

此外，「まで」還有表示程度範圍的用法，可翻譯爲「連〜都…」。

・<ruby>父<rt>ちち</rt></ruby>は<ruby>魚<rt>さかな</rt></ruby>の<ruby>骨<rt>ほね</rt></ruby>まで<ruby>食<rt>た</rt></ruby>べます。

　　（我爸吃魚連魚刺都吃下去。）

「まで」表示範圍的極端例子，所以「<ruby>魚<rt>さかな</rt></ruby>の<ruby>骨<rt>ほね</rt></ruby>まで」暗示爸爸同時吃魚肉、魚皮等等其他的部分。

「を」沒有表示範圍的功能，因此如果是「<ruby>魚<rt>さかな</rt></ruby>の<ruby>骨<rt>ほね</rt></ruby>を<ruby>食<rt>た</rt></ruby>べます」的話，就沒有說到其他部位，而是只會吃魚刺。

「<ruby>隅<rt>すみ</rt></ruby>をきれいに<ruby>掃除<rt>そうじ</rt></ruby>しました」的意思是「將角落的部分打掃乾淨了」，沒有說到其他的空間。

如果是「<ruby>隅<rt>すみ</rt></ruby>まで」的話，會暗示不只有角落的部分，還有其他的空間。

<ruby>隅<rt>すみ</rt></ruby> を きれいに <ruby>掃除<rt>そうじ</rt></ruby>しました。
把角落的部分打掃乾淨了。
<ruby>隅<rt>すみ</rt></ruby> まで きれいに <ruby>掃除<rt>そうじ</rt></ruby>しました。
連角落都打掃乾淨了。

把「角落都打掃乾淨了」翻譯爲日文的時候，如果該句子的意思是「不只一個角落，是所有角落都打掃乾淨了」，要說「<ruby>全部<rt>ぜんぶ</rt></ruby>の<ruby>隅<rt>すみ</rt></ruby>をきれいに<ruby>掃除<rt>そうじ</rt></ruby>しました」；如果意思是「不只是其他地方，連角落也都打掃乾淨了」，則說「<ruby>隅<rt>すみ</rt></ruby>まできれいに<ruby>掃除<rt>そうじ</rt></ruby>しました」。

何回か vs. 何回も

何回か 日本へ行ったことがある。

我去過日本幾次。

何回も 日本へ行ったことがある。

我去過日本很多次。

上頁兩個句子有什麼差別呢？

先複習「疑問詞＋か」的意思是「某…」。

「か」代表「不確定」，還沒想到具體的東西，或是表達不管什麼都可以的感覺。例如：

何か：某個東西→何か食べたい。

我想吃點東西。

誰か：某個人→誰か来た。

有人來了。

いつか：某個時候→いつか日本に行きたい。

有一天一定要去日本。

どこか：某個地方→どこかでお茶飲もうよ。

找個地方喝茶吧！

接下來，「何＋量詞＋か」有「幾…」的意思。

不知道實際上是多少，但是有一些。

何人か：幾個人→公園で子供が何人か遊んでいる。

有幾個小孩在公園玩。

何時間か：幾個小時→昨日は何時間かしか寝ていない。

昨天只睡幾個小時。

而「何 + 量詞 + も」有「很多……」的意思，這是因爲數量詞後面的「も」強調數量很多、程度很高。

> 何人も：好幾個人→公園で子供が何人も遊んでいる。
> ---
> 有很多小孩在公園玩。
> 何時間も：好幾個小時→昨日は何時間も寝た。
> ---
> 昨天睡了很久。

因此，開頭的兩個句子差別在：「何回か」是「幾次」，「何回も」是「很多次」。

> 何回か 日本へ行ったことがある。
> ---
> 我去過日本幾次。
> 何回も 日本へ行ったことがある。
> ---
> 我去過日本很多次。

ふつか　りょこう　い
二日、旅行に行きます。

我要去旅遊兩天。

May

29 30

ふつか　りょこう　い
二日に 旅行に行きます。

我二號要去旅遊。

May
2

「二日」、「二日に」中的「二日」都唸「ふつか」，但後面有沒有
に意思差很多！

首先，「幾點」與「幾個小時」的日文不同，是「～時」與「～時間」。

昨日は 10 時 に寝ました。

（我昨天 10 點 睡覺。）

昨日は 10 時間 寝ました。

（我昨天睡了 10 個 小時。）

「（幾月）幾號」與「幾天」也有「～日」與「～日間」的差別，
但這裡的「間」可以省略，而且除了「一日」之外唸法也都一樣。

1 號：一日　　　；1 天：一日 ※
2 號：二日　　　；2 天：二日 （間）
3 號：三日　　　；3 天：三日 （間）
4 號：四日　　　；4 天：四日 （間）
5 號：五日　　　；5 天：五日 （間）
6 號：六日　　　；6 天：六日 （間）
7 號：七日　　　；7 天：七日 （間）
8 號：八日　　　；8 天：八日 （間）
9 號：九日　　　；9 天：九日 （間）
10 號：十日　　；10 天：十日 （間）
11 號：十一日 ；11 天：十一日 （間）

❗ 有一小部份日本人會使用「一日間」，這其實並不是個正確講法。

那該如何判斷是「幾號」還是「幾天」呢？由於「に」可以代表時間點，因此有「に」就是「幾號」，沒有的話就是「幾天」。

> ふつか りょこう い
> 二日、旅行に行きます。
> ---
> 我要去兩天旅遊。
> ---
> ふつか りょこう い
> 二日に旅行に行きます。
> ---
> 我二號要去旅遊。

表示期間的「間」大致上可以省略，但是說「幾個星期、幾個小時」的時候不能省略喔！

いち ねん かん
一年間（○）　　　一年（○）

いっ か げつ かん
一ヶ月間（○）　　一ヶ月（○）

いっ しゅう かん
一週間（○）　　　一週（×）

ふつか かん
二日間（○）　　　二日（○）

いち じ かん
一時間（○）　　　一時（×）

いっ ぷん かん
一分間（○）　　　一分（○）

いち びょう かん
一秒間（○）　　　一秒（○）

を出る vs. に出る

庭を出ます。

離開院子。

庭に出ます。

到院子去。

助詞 を 可以用來表示「離開（某地方）」：

電車 を 降ります。
でんしゃ　　　　お

下電車。

大学 を 卒業します。
だいがく　　　そつぎょう

從大學畢業。

会社 を 辞めます。
かいしゃ　　　や

辭職。

而 に 可用來表示「進入（某地方）」：

電車 に 乗ります。
でんしゃ　　　の

上電車。

大学 に 入学します。
だいがく　　　にゅうがく

上大學。

会社 に 入ります。
かいしゃ　　　はい

進入公司。

某些移動動詞可同時接續 に 與 を ，但動詞的意思會變得完全不同。

舉例來說：

庭 を 出ます 是「離開院子」的意思，但是，庭 に 出ます 則是「（從
にわ　 で　　　　　　　　　　　　　　　　　にわ　 で
某個空間離開）到院子」的意思。

兩個都是「出ます」，但「～を出ます」是「離開」，「～に出ます」是「從～到～」。

　　「～に出ます」有暗示「離開較小的空間到寬廣的空間」的用法，因此，「昼休みは運動場に出て遊びます。」（午休時間，到操場玩。）

　　這個句子暗示著本來是在教室裡，從教室到操場上玩。

　　中級日語的單字「抜ける」前面也可以加上 に 與 を 兩種助詞。

トンネルを抜ける。

穿過隧道。

この道をまっすぐ行くと、海に抜ける。

這條路一直往前走就會到海邊。

　　「～を抜ける」是「穿過」，「～に抜ける」是「到達」，在區分時要特別注意。

レッスン 2-19 | て行_いく vs. に行_いく

> ジムに走_{はし}って 行_いく。
>
> 用跑步的方式去健身房。

A

> ジムに走_{はし}り に 行_いく。
>
> 爲了跑步去健身房。[去健身房跑步。]

B

....

「走_{はし}って行_いく」的動詞て形代表移動方式，意思是「用跑去的方式去某個地方」。

「走りに行く」的「に」則表示移動目的，意思是「爲了跑步而去某個地方」，句型是 動詞ます形去掉ます ＋ に ＋ 移動性動詞（行く、来る、帰る、戻る等等）。

因此，Ａ 在去健身房的路上跑步；Ｂ 則在健身房裡跑步。

> **ジムに走って 行く。**
> 用跑步的方式去健身房。
>
> **ジムに走り に 行く。**
> 爲了跑步去健身房。[去健身房跑步。]

「て行く」的動詞て形還可以表示先後順序或原因，例如：

> **スーツケースを買って 日本へ行く。**
> 先買行李箱再去日本。
>
> **痩せ て 病院に行く。**
> 因爲瘦了所以看醫生。

如果用「に行く」的話，意思完全不同。

> **スーツケースを買い に 日本へ行く。**
> 爲了買行李箱去日本。[去日本買行李箱。]
>
> **痩せ に 病院へ行く。**
> 爲了瘦身看醫生。

がいっぱい vs. でいっぱい

その日は予約 が いっぱいですので。

那一天預訂很多。

ホテル予約
〇月×日
1. 林さん　6. 東さん
2. 陳さん　7. 西さん
3. 山口さん　8. 南さん
4. Samさん　9.＿＿＿＿
5. 木村さん　10.＿＿＿＿

〇〇ホテル

ホテル予約
〇月×日
1. 林さん　6. 東さん
2. 陳さん　7. 西さん
3. 山口さん　8. 南さん
4. Samさん　9. 北さん
5. 木村さん　10. 中さん

その日は予約 で いっぱいですので。

那一天預訂已滿。

いっぱい 有兩個主要的意思，一個是「很多」，另一個是「滿」。

❶指「很多」的基本句型是 [空間] に [東西] がいっぱい。

桜がいっぱい咲いています。

開了很多櫻花。

公園に子供がいっぱいいます。

有很多孩子在公園裡玩。

❷指「滿」的基本句型是 [空間] は [東西] でいっぱいです。

・デパートは客でいっぱいだ。

（百貨公司很擠。）

　開頭的第二句「予約 で いっぱい」是指「預訂已滿」，所以好像沒辦法訂房，但是，第一句「予約 が いっぱい」則是指「預訂很多」，並不是「沒有空房」，所以訂得到的可能性比較高。

その日は予約 が いっぱいですので…

那一天預訂很多，所以…

その日は予約 で いっぱいですので…

那一天預訂已滿，所以…

第一句後面有可能這樣接著：

・[その日は予約がいっぱいですので] ツインベッドではなく、ダブルベッドのお部屋になりますがよろしいでしょうか？

（已經沒有兩張單人床的房間，只有雙人床的房間了，可以嗎？）

\ チャプター **3** /

単字

是請假？還是放假？（休みます/休みです）

学校を休みます。

向學校請假。

学校が休みです。

學校放假。

是「請假」？還是「放假」呢？

動詞「休みます」是「向〜請假」的意思，例如：

> ### 学校を休みます。
> 向學校請假。
>
> ### 会社を休みます。
> 向公司請假。
>
> ### ピアノのレッスンを休みます。
> 向鋼琴教室請假。

需注意的是當它是名詞「休みです」時，是「〜放假（休息）」的意思，例如：

> ### 学校が休みです。
> 學校放假。
>
> ### 会社が休みです。
> 公司放假。
>
> ### ピアノのレッスンが休みです。
> 鋼琴教室休息。

在區分「休みます」跟「休みです」時，需要特別注意。

寝ながら見ます。

躺著看電視。

眠りながら見ます (X)

被電視看 (?)

「寝ます」 ≠ 「眠ります」

「寝ます」跟「眠ります」在教科書中經常被翻譯爲「睡覺」，但這並不全面，更正確的說：

「寝ます」有兩個意思，分別是：

❶「睡覺」

❷「橫躺著」，當它是「橫躺著」的意思時，用法相當於（横になります）

而「眠ります」只有「睡覺」的意思。

也因此「睡覺」可以講：

・「ベッドで寝ます。」（○）

・「ベッドで眠ります。」（○）

但「躺著」不能講「眠ります」。

・「眠りながら、テレビを見ます。」（✕）（睡著看電視？）

只會講：

・「寝ながら、テレビを見ます。」（○）（躺著看電視）

另外，儘管「a ながら b」是「一邊做 a 一邊做 b」，但「ながら」本身具有「狀態」的意思，因此上面的句子不會翻成「一邊躺著一邊看電視」，而是「在躺著的狀態下看電視」。

分<ruby>わ</ruby>かりません。

不好意思，我也不知道耶。

知<ruby>し</ruby>りません。

誰知道啊！

【「不知道」也是有溫度的？】

「分かりません」跟「知りません」都可以翻成「不知道」，但需要注意的是：

・「知りません」會給人「冷淡」的感覺。

・「分かりません」則帶有「抱歉，我也不清楚」的語意在，這是微微帶有「熱情」的。

這是因為「知りません」用於某件事情跟自己無關時使用，而「分かりません」則是某件事情跟自己有關，卻回答不了的緣故。

例如，被問到動詞て形該如何變化時：

分かりません。

學過卻忘掉，或者不會。

知りません。

沒興趣。

看足球比賽，被問到哪隊會贏時：

分かりません。

無法判斷。

知りません。

沒興趣，不關我事。

也因此，當弟弟的球不見了，哥哥幫忙找卻找不到時，會講「分からない」，但當兄弟吵架時，哥哥連找都不想找，就會對弟弟講「知らない」。

3-04 | 兩種高興（嬉しい / 楽しい）

嬉しい。

馬上高興起來。

楽しい。

享受開心的時刻。

・嬉^{うれ}しい：某種好事發生時，瞬間發生的情緒。

・楽^{たの}しい：享受美好時間的過程。

用以下的情境來說明，會更容易理解。

・被喜歡的女生告白的那一瞬間，是很開心的→嬉^{うれ}しい

・玩刮刮樂時，刮中 2000 元→嬉^{うれ}しい

・看到自己的兒子平安出生時→嬉^{うれ}しい

・跟自己喜歡的女生去約會，度過快樂的一天→楽^{たの}しい

・上日文課交到很多朋友，學到很多東西→楽^{たの}しい

・領薪水後去百貨公司大採購→楽^{たの}しい

需注意的是「嬉^{うれ}しい」指的是「瞬間發生的情緒」，但這情緒是可以「持續」的，因此以下的句子，是正確無誤的。

・「朝^{あさ}、褒^ほめられて、一日中嬉^{いちにちじゅううれ}しかった。」

（因爲早上被誇獎了，所以一整天都很開心。）

另外，「嬉^{うれ}しい」帶有「感謝」的心情，因此只要某人能讓我們的需求感到滿足時，也可以使用「嬉^{うれ}しい」。

なん。

問數量。

なんにん
何人？

なんしょく
何色？

なに。

問種類。

なにびと
何人？

なにいろ
何色？

何（なん・なに）的不同」

使用「何（なん）」的時機：

❶ 在接續數量單位時，使用「何（なん）」

例如：

何名様（なんめいさま）がご来店（らいてん）ですか。

你們有幾位要用餐呢？

冷蔵庫（れいぞうこ）に卵（たまご）が何個（なんこ）ありますか。

冰箱裡有幾個蛋呢？

本棚（ほんだな）に雑誌（ざっし）が何冊（なんさつ）ありますか。

書架上有幾本雜誌呢？

何日間（なんにちかん）日本（にほん）に滞在（たいざい）しますか。

你要在日本待幾天呢？

❷ 後面接續「か、た、な、だ」行的音節時，也使用「何（なん）」。
例如：何（なん）と、何（なん）で…

使用「何（なに）」的時機：

あの人（ひと）は何人（なにじん）ですか。

那個人是哪裡人？

これは何色（なにいろ）ですか。

這是什麼顏色？

（需注意的是「何人（なにじん）」等並不是客氣的講法，一般都講「どこの国（くに）の人（ひと）」。）

總而言之，「何（なん）」用來問數量，「何（なに）」用來問種類！

「完全沒有」要用哪個？空く vs. 空く

来週の予定は空いています。

下禮拜沒有預定行程。

来週の予定は空いています。

下禮拜預定的行程比較少。

あく vs すく

「空く」有兩種唸法，一種是 あく，另一種是 すく。

あく 代表完全沒有，すく 則代表變少。

> らいしゅう よてい あ
> **来週の予定は空いています。**
> 下禮拜沒有預定行程。
> らいしゅう よてい す
> **来週の予定は空いています。**
> 下禮拜預定的行程比較少。

「お腹が空いた」的意思是 肚子餓，也就是肚子裡面的東西變少了，但不是完全沒有，所以這時候唸做「空いた」。

在餐廳問 「這裡有人嗎？」 的日文是「ここは空いていますか」；因為是問有沒有人，所以唸作「空いていますか」。

この牛乳は変な味がします。

這個牛奶有酸味。

この牛乳は変わった味がします。

這個牛奶味道很獨特。

這兩個句子有什麼差別呢？

· 「変な」表示和正常的狀況不同，常常帶有負面的感覺。

· 「変わった」表示和一般狀況不同，不帶有負面觀感。

彼の髪型は変です。

他的髮型很奇怪。

彼の髪型は変わっています。

他的髮型很獨特。

この牛乳は変な味がします。

這個牛奶有酸味。[壞掉了。]

この牛乳は変わった味がします。

這個牛奶味道很獨特。[從來沒喝過。]

　你的朋友親手為你做飯，而味道不太好吃的時候，如果你不想說謊，又不想傷朋友的心的話，可以說「変わった味ですね」。

　說「美味しいですね」的話，就會變成欺騙朋友；說「変な味ですね」的話，則會傷朋友的心；說「変わった味ですね」，沒有表示好吃，也沒有表示不好吃，只是說和一般的口味不一樣，因此，「変わった」是很實用的詞。

「おかしい」有兩個意思，一個是「和正常的狀況不同」，另一個是「好笑」。

「おかしい」用於形容名詞的時候，常常會變成「おかしな」，與「大きい」和「大きな」的關係一樣。

> この牛乳は味がおかしいです。
>
> 這個牛奶味道很奇怪。
>
> この牛乳はおかしな味がします。
>
> 這個牛奶味道很奇怪。

還有，「おかしい」指「和正常的狀況不同」時，常常也帶有負面的感覺，而且「おかしい」有時候會有分不清楚是「好笑」還是「和正常狀況不同」的問題。

所以，如果你不想被誤會的話，要說「好笑」的時候，最好是用「面白い」。

> あの人は話が面白いです。
>
> 那個人講話很好笑。　※ 肯定正面
>
> あの人は話がおかしいです。
>
> 那個人講話很好笑 / 很奇怪。　※ 分不清楚正面或負面

きら いや
嫌い vs. 嫌的差別？

トマトが嫌いだ	死ぬのは嫌だ
我討厭番茄。	我不想死。

　「嫌い」「嫌」都有「討厭」的意思，但是「いや」還有「不想做、不想要」的意思。

タバコの匂いが 嫌い だ。
我討厭菸味。
タバコの匂いが 嫌 だ。
我不想聞菸味。

　和「嫌い」比起來，「嫌」的負面感情更強。

A：早く寝なさい。（快點去睡覺）

B：嫌。（不要）

拒絕別人要求時，可以使用「いや」。

還有，「嫌い」只能表示「某個人喜不喜歡的價值觀」，不能表示一般性的認知。

> 彼はこの匂いが 嫌い だ。
>
> 他不喜歡這種氣味。
>
> 嫌 な匂いがする。
>
> 我聞到令人討厭的氣味。

「嫌い」表示價值觀，所以有相關經驗才可以判斷。

如果說「死ぬのは嫌いだ」的話，會給人「說話者曾經死過」的感覺，或者「說話者曾經看過別人死亡，自己不喜歡再看到別人死亡」的感覺。

・たくさんの人が死ぬ映画は 嫌い だ。

（我不喜歡那種死了很多人的電影。）

總而言之，「嫌い」表示某個人的價值觀，「嫌」表示不願意的感情和一般性的認知。

> トマトが嫌いだ。
>
> 我討厭番茄。
>
> 死ぬのは嫌だ。
>
> 我不想死。

上手 vs 得意的差別？
じょうず　とくい

あの人は楽器が上手です。
ひと　がっき　じょうず

他很會（演奏）樂器。　※稱讚

私は楽器が得意です。
わたし　がっき　とくい

我很會（演奏）樂器。　※有自信

「上手」和「得意」都有「擅長某個事情」的意思，那麼兩者有什麼差別呢？

首先，評價作品的時候，只能用「上手」，不能用「得意」。
・この絵は上手です。（○）
・この絵は得意です。（×）
（這幅畫畫得很好）

・あの人のピアノは上手です。（○）
・あの人のピアノは得意です。（×）
（那個人的鋼琴演奏很好聽）

「上手」是給對象良好評價時使用的，一般對別人使用，如果用於自己，讓人覺得很傲慢。
「得意」則表示某人認爲自己有能力，有自信，對他人、對自己都可以使用。

あの人は料理が上手です。

他很會做菜。　[稱讚]

私は料理が得意です。

我很會做菜。　[有自信]

188

另外，「下手」與「苦手」的差別也是和「上手」與「得意」很像。
「下手」是給對象不好評價時使用的，也可用於自己。

・兄は運転が下手ですが、私も運転が下手です。

　　（我哥不擅長開車，我也不擅長開車）

「苦手」用於沒有能力，沒有自信的時候。

・英語は話せますが、苦手です。

　　（我會英文，可是沒有自信。）

另外，和能力沒有關係，只表示不喜歡做某事的時候，也可以說
「苦手」。

・トマトが苦手です。（○）
・トマトが下手です。（×）

　　（我不喜歡吃番茄。）

・子供が苦手です。（○）

　　（我不喜歡小孩。）

かえ　　もど

図書館に本を返す。
と しょかん　ほん　かえ

把書還給圖書館。

借還書服務

本棚に本を戻す。
ほんだな　ほん　もど

把書放回書架。

「返す」、「戻す」都有「返回」的意思，但是把向別人借來的東西還給所有者的時候，只能用「返す」，「戻す」沒有包含「有借有還」的概念，只能表示回到原處或恢復原狀。

図書館に本を返す。

把書還給圖書館。

本棚に本を戻す。

把書放回書架。

「有借有還」的概念不只用於東西，在行為上也存在。收到別人的恩惠的話，一定要報答。這是一種行為上的「有借有還」。

還有，被欺負想要報復也是一種「有借有還」的概念。接受他人行為後，想回敬相當行為的時候，就可以使用「返す」。

・挨拶を返す。

　（回應打招呼。）

・結婚祝いのお返しをする。

　（對結婚賀禮返送回禮。）

・殴り返す。

　（還手。）

另外，「返す」還有「翻過來」的意思。

・カードをひっくり返す。

　（把卡片翻過來。）

・靴下を裏返す。

　（把襪子翻過來。）

191

あなたの病気はきっと治ります。

你的病一定會治好。[推測或希望]

あなたの病気は必ず治ります。

你的病一定會治好。[根據證據]

醫生對病人說哪一句話，才能讓病人感到放心呢？

「きっと」和「必ず」都是「一定」的意思，但是「きっと」帶有推測的語氣；「必ず」可用於推測，也可以用於必然會發生的事實。

・明日はきっと雨が降ると思います。（○）

・明日は必ず雨が降ると思います。（○）

（我覺得明天一定會下雨。）

・人は必ず死にます。（○）

（人一定會死。）

所以「必ず治ります」聽起來是醫生根據證據判斷說「一定會治好」；但是「きっと治ります」則聽起來是醫生的推測或希望，沒有可靠的證據，只是鼓勵病人說「一定會治好」。

あなたの病気はきっと治ります。
你的病一定會治好。[推測或希望]
あなたの病気は必ず治ります。
你的病一定會治好。[根據證據]

由於「きっと」帶有推測的語氣，所以用於自己的行為時，需要特別注意。

・お金は必ず返します。（○）

（我一定會還錢。）

・お金はきっと返します。（△）

（我覺得我一定會還錢。）

「我一定會還錢」的日文就是「必ずお金を返します」，「必ず」表示自己的決心與責任感，如果說「きっとお金を返します」的話，聽話的人無法理解為什麼說話的人對自己是否會還錢還要推測，聽起來完全沒有責任感。

　　另外，對於「大学に合格する」「医者になる」等，想做但不一定做得到，這種無法控制結果的行為時，「きっと」也可以用於自己，但由於「きっと」還是含有推測的語氣，所以和「きっと」比起來，「必ず」帶有更積極的語氣。
　　・私はきっと大学に合格します。（○）
　　・私は必ず大学に合格します。（○）

　　　　（我一定會考上大學。）

　　最後，因為「きっと」表示推測，所以要求別人的時候，只能用「必ず」。
　　この薬は必ず食後に飲んでください。（○）
　　この薬はきっと食後に飲んでください。（×）
　　（這個藥一定要飯後吃。）

絵がだんだんうまくなりました。

畫技漸漸有進步了。[以前不會畫畫]

絵がどんどんうまくなりました。

畫技不斷進步了。[以前就會畫畫]

「だんだん」和「どんどん」都表示持續性的變化，但是變化的速度和起點不一樣。

「だん」用漢字寫成「段」，就是「階段（樓梯）」，「だんだん」有很小的小孩一步一步慢慢爬樓梯的感覺，變化速度很慢，可以翻成「漸漸」；「どん」就是「壁ドン（壁咚）」的「ドン」，表示猛然碰撞或爆炸的聲音。

・花火をどんどん打ち上げる。（放一發煙火。）

・ドアをどんどん叩く。（用力敲門。）

「どん」表示猛烈的動作，所以「どんどん」也表示很快的變化，也可以表示連續不斷發生的狀態。

・野良猫がどんどん子供を産んだ。

（野貓接二連三地生下了小貓。）

另外，變化的起點也不一樣。

如果說「だんだん暑くなりました」的話，說話的人覺得以前不熱，但最近開始熱了起來；如果說「どんどん暑くなりました」的話，說話的人則覺得以前本來就熱，但最近變得更熱了。

「だんだん」表示從零開始漸漸變化；「どんどん」表示從某個程度開始，變化地不斷地增加。

日本語がだんだんうまくなりました。

我的日文漸漸有進步了。[以前不會日文]

日本語がどんどんうまくなりました。

我的日文不斷進步了。[以前就會日文]

ボール、取って。

把球給我。

ボール、持って。

把球拿起來。

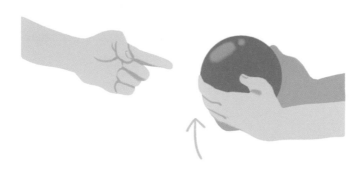

你跟朋友去餐廳吃飯，在拿不到筷子，想請朋友幫忙拿的時候，你會說上頁的哪一句呢？

「とる」和「もつ」都有「拿」的意思，但是用法不太一樣。
「とる」有很多同音異字，比如說：

<ruby>風<rt>ふう</rt></ruby><ruby>景<rt>けい</rt></ruby>の<ruby>写<rt>しゃ</rt></ruby><ruby>真<rt>しん</rt></ruby>をとる。（<ruby>撮<rt>と</rt></ruby>る）
拍風景照。
<ruby>川<rt>かわ</rt></ruby>で<ruby>魚<rt>さかな</rt></ruby>をとる。（<ruby>捕<rt>と</rt></ruby>る）
在河川裡捕魚。
<ruby>庭<rt>にわ</rt></ruby>で<ruby>野<rt>や</rt></ruby><ruby>菜<rt>さい</rt></ruby>をとる。（<ruby>採<rt>と</rt></ruby>る）
在院子裡摘蔬菜。

還有「<ruby>獲<rt>と</rt></ruby>る」、「<ruby>摂<rt>と</rt></ruby>る」、「<ruby>録<rt>と</rt></ruby>る」、「<ruby>盗<rt>と</rt></ruby>る」，等等。這些「とる」的共通性是「把對象拿到自己的控制下」。該對象本來不是屬於自己的東西，或者是自己的東西但難以控制。

・雄偉的大自然沒辦法帶回家，但是拍個照就可以把風景帶回家。
・如果想吃河川裡的魚的話，需要去河邊捕魚。
・即使是自己家裡的蔬菜，想吃它的時候還是先把它摘下比較方便。

「拿到自己的控制下」不僅意味著「拿來使用」，也可以用在「把它消除」這個意思中。因為可以控制，才能消除。

<table>
<tr><td>

汚れをとる。（取る）

去污垢。

</td></tr>
<tr><td>

痛みをとる。（取る）

止痛。

</td></tr>
</table>

「もつ」的基本意思是「拿起來」，描述狀態的話，也有「擁有」的意思。

・重すぎて持てない。（太重了，拿不動。）
・お金持ち。（有錢人。）

「もつ」基本上沒有「拿來使用」、「把它消除」這種拿起來後進一步控制對象的概念，只表示「拿起來」的動作或狀態。

你想去廁所，請朋友幫你拿包包的時候，朋友只需要幫你拿包包就好，所以你就可以說「カバン、持って。」（請幫我拿包包）

如果你在餐廳跟朋友說「箸、持って。」的話，他就會聽不懂你想說什麼，還可能會把自己的筷子拿起來；說「箸、取って。」，朋友才會把筷子拿給你。

<table>
<tr><td>

箸、取って。

把筷子給我。

</td></tr>
<tr><td>

箸、持って。

把筷子拿起來。

</td></tr>
</table>

ビールを冷やす。

把啤酒放在冰箱裡。

ミルクを冷ます。

把（剛泡好的）牛奶放涼。

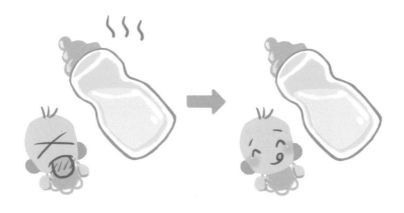

「冷やす」和「冷ます」都有「把溫度降低」的意思，但是兩者有差別。

我們先來複習一下一些和溫度有關的日文吧！

「冷たい」表示物體的溫度低；「寒い」則表示氣溫低，所以想說「天氣很冷」時，不用加上「天気」，而只說「寒い」就可以了。「天氣很熱」也是一樣，只需要說「暑い」，不會說「天気が暑い」，請記起來。

「冷やす」是冷卻的意思，就是將物體由常溫狀態降到低溫狀態，一般來說指的是把東西放在冰箱裡。「ひや」是表達感到很冷的擬態詞。中文的「膽寒」可以表示害怕，「ひや」也可以用來表達感到害怕、緊張。

森の中は"ひんやり"として気持ちいい。
森林裡很涼爽。
携帯を落としそうになって、"ひやっ"とした。
手機差一點就摔到了，嚇死了。
飛行機に間に合わないかもしれないと、"ひやひや"した。
我一直擔心趕不上飛機。

「さます」表示由高溫狀態放涼到常溫狀態，一般來說指的是吹涼著放涼。「さます」的自動詞是「さめる」，「さめる」用在由非正常狀態恢復正常的狀態。

目がさめる。（覚める）
醒來。
酔いがさめる。（覚める）
酒醒。
興奮がさめる。（冷める）
冷靜下來。

　也因此標題的「冷やす」是「放在冰箱裡」；「冷ます」則是「放涼」。

ビールを冷やす。
把啤酒放在冰箱裡。
スープを冷ます。
把湯放涼。

原因 vs. 理由的用法？

失恋が原因で太った。

因爲失戀而變胖了。

失恋が理由でダイエットを始めた。

因爲失戀而開始瘦身了。

這兩個句子，為什麼一個是用「原因<ruby>（げんいん）</ruby>」，另外一個是用「理由<ruby>（りゆう）</ruby>」呢？

原因和理由的差別，中文和日文差不多，「原因<ruby>（げんいん）</ruby>」表示客觀的原因，「理由<ruby>（りゆう）</ruby>」表示主觀的原因，更簡單的說：
日文的「原因<ruby>（げんいん）</ruby>」重點在於為什麼發生這個事件；「理由<ruby>（りゆう）</ruby>」重點則在於某人為什麼做這件事情。

火事（かじ）の 原因（げんいん） を調（しら）べる。

調查火災的原因。

台風（たいふう）が 原因（げんいん） で野菜（やさい）の値段（ねだん）が上（あ）がった。

因為颱風的關係，菜價上漲了。

この仕事（しごと）に応募（おうぼ）した 理由（りゆう） は何（なん）ですか。

你來應徵這項工作的原因是什麼？

健康上（けんこうじょう）の 理由（りゆう） で仕事（しごと）をやめた。

因為健康問題辭職了。

「變胖」不是故意的，是由某事件觸發所產生的結果，所以使用「原因」；「開始瘦身」則是主動的行爲，對於行爲的動機使用「理由」。

失恋が原因で太った。

因爲失戀而變胖了。

失恋が理由でダイエットを始めた。

因爲失戀的理由開始瘦身了。

最後，日文的「原因」和「理由」的差別很像「自動詞」和「他動詞」的差別，大家覺得如何呢？

 原因

どうして○○になるのか。

（爲什麼發生）

 理由

どうして○○をするのか。

（爲什麼做）

思い出す vs. 思いつく的差別？

昔のことを思い出す。

想到以前的事。

いいアイデアを思いつく。

想到好點子。

「思い出す」和「思いつく」都有「想到」的意思，但是「思い出す」用在想起過去發生的事情；「思いつく」則用在想到新點子。那麼，為什麼有這種差別呢？

「出す」的基本意思是「從某個空間裡面把某個東西拿出來」。

かばん ほん だ
鞄から本を出す。

從書包裡把書拿出來。

はこ だ
箱からケーキを出す。

從盒子裡把蛋糕拿出來。

於是「思い出す」就是「從腦袋裡面把以前的記憶拿出來」的概念，記憶是本來在腦袋裡面就有的，所以才能拿出來。

「つく」的基本意思是「接觸」，後來引申出「到達」的意思。

かれ せ たか てんじょう て
彼は背が高いので、天井に手がつく。

他個子高，伸手便可以碰到天花板。

ひこうき あと ぶん にほん
飛行機は後 30 分で日本につく。

這班飛機 30 分鐘後會抵達日本。

「到達」就是「從現在的地方移動到新的地方」的概念，所以「思いつく」代表，想到的東西不是本來就在腦袋裡，而是經過思考後才「到達」的新點子。

むかし おも だ
昔のことを思い出す。

想到以前的事。

おも
いいアイデアを思いつく。

想到好點子。

プレゼントをあげた。

我把禮物送給別人。

プレゼントをくれた。

別人把禮物送給我。

　「あげる」和「くれる」都是「給」，あげる 用在「我給別人」的時候，「くれる」用在「別人給我」的時候。爲什麼有這樣的差別呢？

　首先，あげる 的本義是「擧起來」。

・手をあげる。

　（擧手。）

・机を持ちあげる。

　（把桌子拿起來。）

「舉起來」就是低到高，所以用「あげる」來表達「給」也有「地位低的人送給地位高的人」這種下對上的感覺。當別人給我東西時，用「あげる」的話，代表「送我東西的人地位比我低」，這很不禮貌，所以不會用「あげる」。

而「くれる」是「くだる」的衍生詞。「くだる」是「下去」的意思。
・山<ruby>を<rt>やま</rt></ruby>くだる。（下山。）
・坂<ruby>を<rt>さか</rt></ruby>くだる。（下坡。）

「下去」就是高到低，所以用「くれる」來表達「給」 時有「地位高的人送給地位低的人」這種上對下的感覺。因此自己送東西給別人的時候，不能用「くれる」，這會給人高高在上的感覺。

プレゼントをあげた。（地位低→地位高）
我把禮物送給別人。（我→別人）
プレゼントをくれた。（地位高→地位低）
別人把禮物送給我。（別人→我）

在日本，自己家人和外人相比，還是必須對外人表示敬意，因此當別人給自己家人的時候也要說くれる。
・店員さんが妹に風船をくれた。（○）
・店員さんが妹に風船をあげた。（×）
（店員把氣球送給我妹妹。）

大切（たいせつ）な手紙（てがみ）。

（對我來說）很重要的信。

重要（じゅうよう）な資料（しりょう）。

（對於全人類來說）很重要的資料。

「大切」和「重要」都有「重要」的意思。那麼，兩者有什麼差別呢？

　　日文詞彙有兩種，第一種是從漢字傳入日本之前已有的詞所衍生出來的詞彙，叫作「和語」，例如：はなす、まなぶ、わかる等等。第二種則是和漢字一起傳入日本的詞彙，叫作「漢語」，例如：討論、学習、了解等等。

　　古代日本人從中國學習法律、技術等等，同時學習中文詞彙，所以正式的文章中常使用「漢語」，日常生活中則常使用「和語」。現代日文還保留著這兩種使用方式，也因此把「我跟朋友討論」翻成「友達と討論した」聽起來很奇怪，翻成「友達と話し合った」比較自然。

　　日本在 1200 年左右興起武士文化，武士喜歡樸實無華，於是他們傾向使用「漢語」寫簡潔的文章，而且他們還從「和語」中創造出「日製漢語」。比如說「緊張」和「心配」都是由兩個漢字組成，大部分的日本人以為這兩者都是來自於中文，但其實「心配」不是中文，是從和語「心配り」創造出的日製漢語。

　　「大切」也是日製漢語，源自於和語「大いに切なる」。所以「大切」屬於「和語」；「重要」則是「漢語」，所以日常生活上常用「大切」，工作的時候常用「重要」。日本的幼稚園的小朋友會說「大切」，但是不會說「重要」。

　　還有，兩者意思上也有差別，「大切」表示從個人來說很重要；「重要」則比較客觀、表示對社會來說很重要。

心配だ vs. 心配する的差別？

子供の将来が心配だ。

我很擔心孩子的未來。

子供は将来を心配している。

孩子很擔心自己的未來。

「心配」是擔心的意思，有な形容詞的用法「心配な」，也有第三類動詞的用法「心配する」。兩者有什麼差別呢？

日本人認爲沒辦法直接看到別人的內心，所以描述別人的情感時，後面要加上「看起來（～そう）」或以描述外在動作的動詞來表達別人的心情。單獨使用感情形容詞的話，只能在表達自己時使用。

・女の子はとても嬉しい。（×）
・女の子はとても嬉しそうだ。（○）
・女の子はとても喜んでいる。（○）

　（這位女孩非常高興。）

也因此，日文的感情形容詞都有相對應的感情動詞。

・嬉しい　－　喜ぶ
・楽しい　－　楽しむ
・悲しい　－　悲しむ
・苦しい　－　苦しむ
・懐かしい　－　懐かしむ
・羨ましい　－　羨ましがる
・恥ずかしい　－　恥ずかしがる

擔心也是一種感情，所以描述別人擔心的時候，不能用形容詞。

・あの人は時間が心配だ。（×）
・あの人は時間を心配している。（○）

　（他很擔心時間來不及。）

所以，開頭兩個句子的意思是：

子供の将来が心配だ。
我很擔心孩子的未來。
子供は将来を心配している。
孩子很擔心自己的未來。

レッスン 3-20 ┃ ありがとう vs. お願い的差別？

ありがとうございます。

謝謝。

よろしくお願いします。

拜託了，謝謝！ [請求文、請求信的最後一句]

「ありがとうございます」是「謝謝」，お願いします是「請、拜託」，
兩者完全不一樣，用日文請求別人幫忙的時候，不可以寫「ありがとう
ございます」。因爲這句話是「拜託」而不是「命令」，對方有拒絕的
權利，當對方看到你有寫「ありがとうございます」，會覺得「爲什麼
你已經認定我要幫你？是命令嗎？」，有種被逼迫的感覺，會很不舒服。

　　用日文拜託某事時的末句用「よろしくお願いします」才對。需要表
現得更有禮貌的時候，可以說「何卒、よろしくお願いいたします」。

　　「請」的日文還有「ください」。不過，「ください」聽起來也一樣
沒有給對方拒絕的機會，所以當對方不會拒絕的時候，才可以使用「く
ださい」。

　　ください有幾種意思：
❶允許
「允許」的情況不用考慮被拒絕。
Ａ：これ試食できますか。（這個可以試吃嗎？）
Ｂ：どうぞ食べてください。（請吃！）

❷要求
跟店員買東西、點菜、要求他們提供的服務時，店員不會拒絕。
・これください。（我要這個。）

工作時的要求也常用「ください」，這是「要求」，不是「拜託」，表明對方不能拒絕。

・すぐに確認^{かくにん}してください。（請立刻確認。）

❸非具體性的拜託

例如沒有指定具體時間的邀請，對方通常不會拒絕。

・時間^{じかん}があったら、遊^{あそ}びに来てください。（有空來找我玩。）

向某人拜託某事時，爲了保留對方可以拒絕的空間，用疑問句「～ませんか」來拜託聽起來更有禮貌。

・ゆっくり話^{はな}してもらえませんか。（能請你說慢一點嗎？）

拜託別人時保留對方可以拒絕的空間是很重要的，尤其寫信的時候，請多多注意！

綜合以上：

ありがとうございます。
謝謝。
よろしくお願^{おね}いします。
拜託了，謝謝！［請求文、請求信的最後一句］

公園に猫がいる。
こうえん　ねこ

公園裡有一隻貓。

公園に池がある。
こうえん　いけ

公園裡有池塘。

いる和ある都有「在」的意思，一般而言，いる用在人、動物；ある用在物品、事情。

今天用詞源的角度來解釋為什麼會有這種差別。

「いる」的漢字是「居る」，原意就是「坐下」。「坐下」是一個靠意志力來做的行動。

　　「いる」本來的含義是「因爲對象想在那裡，所以他在那裡」，例如，貓咪躺在沙發上，是因爲他想躺在沙發上，也因此說話的人認爲對象可以靠自己移動，就用「いる」。除了人、動物之外，幽靈、鬼、妖怪都應該使用「いる」。此外，車裡有坐人的車子等也應該使用いる。

　・このホテルにはお化けがいる。

　　（這間飯店有鬼。）

　・コンビニの前にパトカーがいる。

　　（便利商店前面有一輛警車。）

　　「ある」是和「現れる」同源，就和跟「出現」有關係。太陽出現、效果出現、結果出現等等，這種「出現」是和意志沒有關係。例如「有太陽」，不是因爲「太陽」自己想出現的，當說話的人認爲對象無法靠自己移動時，使用ある。

　　「いる」原意是「坐下」，用於說話的人認爲對象可以靠自己移動；ある則是和「出現」有關，用於在說話的人認爲對象無法靠自己移動時，請參考例句：

公園に犬がいる。

公園裡有一隻狗。

公園に池がある。

公園裡有池塘。

うるさい vs. 面倒臭い的差別？

母がうるさい。

媽媽很煩。[她愛管閒事]

仕事が面倒臭い。

工作很煩。

　　「うるさい」和「面倒臭い」都有「煩」的意思。兩者有什麼差別呢？

　　「うるさい」是「うる」和「せし」所形成的組合詞，「うる」是「心」，「せし」是「窄」的意思，所以「うるさい」的原意是「心裡感到不自由」的感情，但是現在最常用的意思是「很吵」。

・爆竹の音がうるさい。

　（鞭炮聲很吵。）

・いびきがうるさすぎて眠れない。

　（打呼聲太大睡不著。）

「うるさい」用在「麻煩」的時候，跟聲音有關係，

愛管閒事的人、挑剔的人等等，對別人講的話感到麻煩的時候，可以說「うるさい」。

・母はいつも「まだ結婚しないの」と言ってくる。本当にうるさい。

　（媽媽總是問我什麼時候要結婚，煩死我了。）

「面倒臭い」是「麻煩」，和有無聲音沒什麼關係。正式的平假名是「めんどうくさい」，但是口語的時候常常會唸成「めんどくさい」，不會發出「う」的音。

・旅行は楽しいが、準備するのは面倒臭い。（○）

・旅行は楽しいが、準備するのはうるさい。（×）

　（雖然旅遊很好玩，可是準備行李很麻煩。）

・母がうるさい。（○）

　（媽媽很煩。）［她愛管閒事］

・仕事が面倒臭い。（○）

　（工作很煩。）

另外，日本年輕人感到麻煩的時候，會說「鬱陶しい」或「うざい」。這些詞和「面倒臭い」一樣，和聲音有沒有關係都可以使用，但是語氣比較粗暴，使用時必須注意。

かなり美味しいね。

（和一般料理比起來）很好吃。

けっこう美味しいね。

（我本來以爲沒那麼好吃，可是吃了之後才發現怎麼這麼）好吃。

かなり和けっこう都有「相當」的意思，兩者有什麼差別呢？

　　日文有很多程度副詞，而表示程度非常高的副詞是「とても」、「すごく」、「大変」等等。

　　口語最常用的是「すごく」，大変則算是書面語。「とても」在口語中或在書面上都可以使用，但是和「すごく」比起來，帶有較正式的語氣。

この映画、すごく面白いね。

[跟朋友聊天] 這部電影超有趣的吔！

この映画はとても面白いです。

[比較正式的語氣] 這部電影很不錯！

この映画は非常に面白い。

[評論、專欄等正式的文章] 這部電影趣味十足！

　　「かなり」和「けっこう」的關係與「とても」和「すごく」有點像，「かなり」是口語、書面都可以使用的，帶有比較正式的語氣，但「けっこう」算是口語，不能用在正式的文章。

・政府は台風の被害はかなり深刻だと発表した。（○）
・政府は台風の被害はけっこう深刻だと発表した。（×）

　　（政府：颱風帶來的災情相當嚴重）

另外，「かなり」和「けっこう」的比較標準也不一樣。「かなり」表示程度比一般高，比較的標準是客觀的；而「けっこう」則表示程度比自己預料的來得高，常用在本來以爲程度不高，結果很意外程度竟然很高的時候。

因此，「この映画けっこう面白いね」暗示著「（我本來以爲這部電影沒那麼好看，但看了之後發現）這部電影好有趣喔」。

「けっこう」不是單純的高評價，它帶有「本來不抱期待」的意思，所以使用時請多加請注意。

かなり美味しいね。

（和一般料理比起來）相當好吃。

けっこう美味しいね。

（我本來以爲沒那麼好吃，可是吃了之後才發現）相當好吃。

やっと見(み)つかった。

終於找到了。

ついに見(み)つからなかった。

還是沒能找到。

「やっと」和「ついに」都有「終於」的意思，但用法不一樣。

當你把鑰匙弄丟，找了一整天，終於找到的時候，可以說「やっと見(み)つかった」，也可以說「ついに見(み)つかった」。

「やっと」表示好不容易才得到某種好的結果，帶有「開心」或「興奮」的語氣；「ついに」則表示經過一段時間後，得到達到某一個結果。

やっと見<ruby>見<rt>み</rt></ruby>つかった。（○）

ついに見<ruby>見<rt>み</rt></ruby>つかった。（○）

（終於找到了。）

ついに見<ruby>見<rt>み</rt></ruby>つからなかった。（○）

やっと見<ruby>見<rt>み</rt></ruby>つからなかった。（×）

（還是沒能找到。）

表示好的結果的時，「やっと」和「ついに」都可以使用，但是「やっと」強調開心、興奮等感情。

達到不好的結果的時候，不能用「やっと」，要用「ついに」，另外為了強調遺憾，句尾常常加上「てしまう／てしまった」。

暑假結束，對有些家長來說是個好事，因為他們擔心孩子在家裡不讀書，但是，對學生來說當然是個壞事。

夏休<ruby>夏休<rt>なつやす</rt></ruby>みがやっと終<ruby>終<rt>お</rt></ruby>わった。

暑假終於結束了。（開心）

夏休<ruby>夏休<rt>なつやす</rt></ruby>みがついに終<ruby>終<rt>お</rt></ruby>わってしまった。

暑假終於結束了。（遺憾）

夏休<ruby>夏休<rt>なつやす</rt></ruby>みがついに終<ruby>終<rt>お</rt></ruby>わった。

暑假終於結束了。（看前後文才能判斷開心或遺憾）

押す vs. 押さえる的差別？

ドアを押す。

推門。

ドアを押さえる。

擋住門。

「押す」和「押さえる」都有壓的意思，但兩者有什麼差別呢？

　「押す」是壓、按、推，也就是使對象變形或移動的動作，動作的方向無論是往下、往前、往上都可以。

・ボタンを押す。

　（按下按鈕。）

・自転車を押す。

　（推腳踏車。）

　「押さえる」是壓住、按住，也就是使對象的變化或移動停止、不讓對象逃走。

・風で飛ばされないように、帽子を押さえる。

　（壓住帽子不要讓它被風吹走。）

・警察が犯人を取り押さえる。

　（警察抓住犯人。）

　「押さえる」還有預約的意思。這是因爲沒有預約的話，會失去利用的機會，所以「預約」讓「機會」不要逃走。

・会議室を押さえる。

　（預約會議室。）

「抑える」也一樣唸「おさえる」，意思是抑制、控制，也就是不讓某東西增加、出現。

・痛^{いた}みを抑^{おさ}える。

（止痛。）

・電話代^{でんわだい}を抑^{おさ}えるために、電話会社^{でんわがいしゃ}を換^かえる。

（為了省電話費，換了電信公司。）

「押す」是使對象變形或移動的動作，所以「ドアを押す」就是把門推開；「押さえる」是使對象的變化或移動停止的動作，所以「ドアを押さえる」就是門快被打開的時候，擋住門。

ドアを押^おす。
推門。
ドアを押^おさえる。
擋住門。

はで　　　　　　はな

はで　　ふくそう
派手な服装。
過於華麗的服裝。

はな　　　ふくそう
華やかな服裝。
華麗的服裝。

　　「派手」和「華やか」都有華麗的意思，但是「派手」是貶義詞，不是褒義詞。「派手」有過於鮮豔、膚淺庸俗的感覺，而「華やか」沒有負面的意思，所以稱讚時一般使用「華やか」。那麼，爲什麼日本文化上「華麗」有負面意思呢？

　　日本的審美觀在 15 世紀下半葉經歷了大轉變。當時的將軍「足利義政」是個喜愛藝術的人，對政治完全沒有興趣，儘管因爲饑荒，當時河川上到處都是餓死的屍體時，他依然建造著自己的豪宅，而且沉迷於能劇。

他 29 歲時想去隱居，這引發了繼承問題，武士集團分成兩個陣營，並且在 1467 年京都爆發了大會戰（即應仁之亂）。戰亂持續了十年，戰火使京都變成一片殘破荒廢，後來日本進入了戰國時代，也因此「足利義政」被稱為有史以來最遜的將軍。

義政隱居後過著閒靜的生活，追求淡雅、樸實的美學觀，1482 年開始在京都東山建造別墅山莊，山莊之後被改為寺院，稱作「銀閣寺」。他經常會見文人雅士，催生出近代的「東山文化」。東山文化追求的是用心所感受到的美，強調脫離華麗，走向簡樸，「茶道」和「花道」就是從東山文化中誕生出來的。

爆發應仁之亂之後，很多人被迫逃離京都，因此東山文化浸透到各地庶民的生活中，深刻影響了日本文化的審美觀。華麗的金閣寺到銀閣寺距離不足十公里，時隔不到一百年。但是經歷京都的殘破荒廢之後，日本文化進入完全不同的局面，變得不求華麗，只求優雅。

「派手」來自於「破手」，是江戶時代的音樂術語，意思是突破傳統的演奏方法，後來衍生出「華麗、美麗」的意思，然而，在江戶末期開始被用來表達「過於鮮豔」，是帶有負面意思的單字，因此日本文化上「華麗」不一定是正面的意思，想表達正面意思的時候，要說「華やか」，不能說「派手」。

はで ふくそう
派手な服裝。
過於華麗的服裝。
はな ふくそう
華やかな服裝。
華麗的服裝。

この高校は学生に茶道を教えている。（×）
こうこう がくせい さどう おし

這所高中教學生茶道。（錯誤用法）

この高校は生徒に茶道を教えている。（○）
こうこう せいと さどう おし

這所高中教學生茶道。

在日本春天是一個離別的季節，因為學校會舉辦畢業典禮。

以前日本的國中、高中男生都穿著立領制服，有些女生在畢業典禮結束後會向喜歡的人要第二顆鈕扣。這種立領制服叫做「学生服」或者「学ラン」。

此外，各家電信公司推出的學生優惠方案叫做「学生割引」或者「学割」。國中生、高中生、大學生都可以申請「学生割引」。

在一般生活當中，不管是國中生、高中生還是大學生，常常使用「学生」來通稱。

・電車の中で教科書を読んでいる学生がいた。

　（在電車上看到有個學生在看課本。）

但是，日本的新聞或報紙叫國中生和高中生「生徒」，而不是「学生」。這是因為他們依照日本學校教育法來使用不同的稱呼：

・國中生、高中生稱為「生徒」

・大學生、高等專門學校生則稱為「学生」

所以，報紙上會這樣寫：

・この高校は学生に茶道を教えている。（✕）

・この高校は生徒に茶道を教えている。（○）

　（這所高中教學生茶道。）

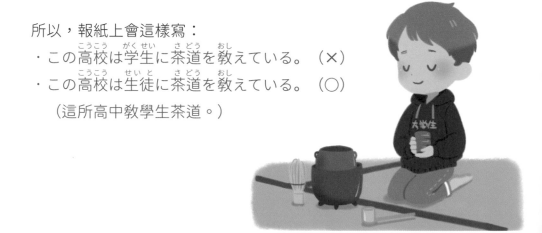

隣の人の腕を つかむ。
となり　ひと　うで

抓住旁邊的人的手。

隣の人の腕に つかまる。
となり　ひと　うで

抓住旁邊的人的手以免跌倒。

「つかむ」、「つかまる」都有「抓」的意思，但是「つかまる」用於「爲了不要跌倒而抓住什麼東西」

・バスに乗って、吊革につかまる。

（搭公車抓住吊環。）

・転びそうになった時、手すりにつかまった。

（快跌倒的時候，抓住了扶手。）

因此，開頭的第一句會是「在電車上發現了色狼，而用力抓住他的手」這樣的情況。

第二句則會是「電車搖晃或急煞車時，差點跌倒而抓住旁邊的人的手」。

隣の人の腕を つかむ。

抓住旁邊的人的手。

隣の人の腕に つかまる。

抓住旁邊的人的手以免跌倒。

「つかまる」有兩個漢字，一個是「掴まる」，另一個是「捕まる」。

「掴まる」的意思是「爲了不要跌倒而抓住」，如果是「捕まる」的話，意思則是「被抓、被逮捕」。

順便解釋「つかむ」和「つかまえる」的差別。

「つかむ」的對象基本上是靜態的，不會逃走；如果對象是動態，會逃走的話，使用「つかまえる」。

マイクを掴んで離さない。

一直拿著麥克風。[麥克風不會逃走]

カブトムシを捕まえる。

捕捉獨角仙。

警察が犯人を捕まえる。

警察抓犯人。

つかむ【掴む】

抓。（對象是不會逃走）

つかまる【掴まる】

抓。（以免跌倒）

つかまる【捕まる】

（逃走時）被抓。

つかまえる【捕まえる】

抓。（對象是會逃走）

習う。
なら

跟著別人學習。

学ぶ。
まな

因為興趣而學習的時候常用。

勉強する。
べんきょう

重點是學習的行動，說明學習習慣、學習經歷的時候使用。

學初級日文的時候，有三個和「學習」相關的動詞，這三者到底有什麼差別呢？

首先，「習^{なら}う」是跟別人學習的時候使用。

ならう的語源和模仿「倣^{なら}う」、習慣「慣^なれる」有關係。日本的國小老師叫學生整隊的時候，使用的口令是「前^{まえ}に倣^{なら}え」，意思是「向前看齊」。「習^{なら}う」常用於學習技藝，因為學習技藝需要模仿老師，反覆練習而養成習慣。

・先生^{せんせい}にダンスを習^{なら}います。

（跟老師學舞蹈。）

「勉強^{べんきょう}する」和「学^{まな}ぶ」都可以用於自學或者跟別人學習。

「学^{まな}ぶ」也是和模仿「眞似^{まね}る（まねる）」有關係。因為自己有興趣，所以模仿別人，這是「学^{まな}ぶ」本來的意思。

不管是自學還是接受指導，因為興趣而學習的時候，常用「学^{まな}ぶ」。

・趣味^{しゅみ}で英語^{えいご}を学^{まな}んでいます。

（以學習英文為樂。）

「勉強^{べんきょう}する」的重點是學習的行動，不代表有學會。說明學習習慣，學習經歷的時候，使用「勉強^{べんきょう}する」。

・毎日^{まいにち} 30 分^{ぷん}日本語^{にほんご}を勉強^{べんきょう}します。

（我每天都學習 30 分鐘的日文。）

・大学^{だいがく}で経済学^{けいざいがく}を勉強^{べんきょう}しました。

（我在大學念經濟學。）

帰る vs. 戻る的差別？

家に帰る。

回家（休息）。

家に戻る。

回家（不久之後要出門）。

這兩個句子有什麼差別呢？

「帰る」、「戻る」都是「回去」的意思，但回去的地方不一樣。

「帰る」表示回到自己原本歸屬的地方，如「家」、「國」、「故鄉」等等。「かえる」的古文有「反覆」的意思，所以使用「帰る」即表示「回經常回去的地方」，而不能使用在一次性回歸的場所。

「もどる」是名詞「本・元（もと）」衍生出來的動詞。「もと」有「以前」、「本來」的意思，所以「戻る」表示「回到剛才出發的地方」，或者「回到以前待的地方」。

今日は仕事が終わったらすぐに帰る。

我今天下班後馬上回家。

道に迷ったので、元の場所に戻る。

因為迷路所以折回原處。

「家に帰る」是像下班後或下課後回家之類，外面的活動結束後，回家休息的意思。

「家に戻る」也是「回家」的意思，但不是「回家休息」，而是「暫時回家」，回家做完某件事後馬上要離開家。比如說，東西忘在家沒拿，所以折回去拿等等。

家に帰る。

回家（休息）。

家に戻る。

回家（不久之後要出門）。

王可樂的
日文超圖解！

抓出自學最容易搞混的
100個核心觀念,
將單字、助詞、文法分好類,超好背！

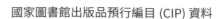

國家圖書館出版品預行編目 (CIP) 資料

王可樂的日文超圖解！：抓出自學最容易搞
混的 100 個核心觀念,將單字、助詞、文
法分好類,超好背！/ 王可樂日語 . -- 初版 .
-- 臺北市：布克文化出版：家庭傳媒城邦分
公司發行,民 108.05
248 面;17x23 公分
ISBN 978-957-9699-79-2(平裝)
1. 日語 2. 讀本

803.18   108004180

作　　者／王可樂日語
責任編輯／KL
美術編輯／劉曜徵
插　　畫／野良

總 編 輯／賈俊國
副總編輯／蘇士尹
行銷企畫／張莉滎 · 廖可筠 · 蕭羽猜

發 行 人／何飛鵬
法律顧問／元禾法律事務所王子文律師
出　　版／布克文化出版事業部
　　　　　台北市南港區昆陽街 16 號 4 樓
　　　　　電話：(02)2500-7008 傳真：(02)2502-7579
　　　　　Email：sbooker.service@cite.com.tw
發　行／英屬蓋曼群島商家庭傳媒股份有限公司城邦分公司
　　　　　台北市南港區昆陽街 16 號 5 樓
　　　　　書虫客服服務專線：(02)2500-7718；2500-7719
　　　　　24 小時傳真專線：(02)2500-1990；2500-1991
　　　　　劃撥帳號：19863813；戶名：書虫股份有限公司
　　　　　讀者服務信箱：service@readingclub.com.tw
香港發行所／城邦（香港）出版集團有限公司
　　　　　香港九龍土瓜灣土瓜灣道 86 號順聯工業大廈 6 樓 A 室
　　　　　電話：+852-2508-6231　　傳真：+852-2578-9337
　　　　　Email：hkcite@biznetvigator.com
馬新發行所／城邦（馬新）出版集團 Cité (M) Sdn. Bhd.
　　　　　41, Jalan Radin Anum, Bandar Baru Sri Petaling,
　　　　　57000 Kuala Lumpur, Malaysia
　　　　　電話：(603)90563833　　傳真：(603)90576622
　　　　　電郵：services@cite.my
印　　刷／韋懋實業有限公司
初　　版／2019 年 (民 108)05 月　2024 年 (民 113) 03 月初版 14.5 刷
售　　價／450 元
ISBN ／ 978-957-9699-79-2

城邦讀書花園
www.cite.com.tw

布克文化

王可樂日語 原來如此的喜悅！

　　2010 年創辦人王老師以愛貓「可樂」的名義創立「王可樂的日語教室」，將鑽研多年的日文心法融會貫通，並研發出一套獨門學習系統，走過多個年頭，蛻變升級爲「王可樂日語」，我們不教專有名詞，也不走學術派系，而是用台灣人最好理解的方式，將艱澀難懂的日文轉化成一聽就懂的語言，讓學日文不再害怕，就讓我們用「最台灣的方式，最好懂的日語」，讓你體會「原來如此的喜悅」吧！

線上課程
隨時隨地、隨心所欲，
24HR 學習零距離

出版物
坊間書籍百百種，王可樂日語出版，濃縮重點讓你一看就懂！

主題講座
濃縮坊間眾多學習書籍，整理出最好懂的架構，學習即戰力！

線上課程

　　課程按級數分類從 50 音到 N1、檢定都有，建議完全沒基礎的同學可以從初級就加入我們，因爲這套系統強調的是「打好基礎，延伸學習」，我們不僅會幫同學把底子打好，還會教你怎麼延伸應用，進到中級以上的課程會不斷用文章拆解的方式溫故知新，許多同學到最後都能夠自己拆解長篇文章，因爲我們相信「給你魚吃不如教你怎麼釣魚」理論，才是對學生最有幫助的。

◆初級（50 音〜N4）/ 總學習時數 54 小時
　　50 音：就像中文的ㄅㄆㄇ一樣，先從日文的注音學起
　　N5 — N4：認識由 50 音組合起來的單字，開始學習句子的結構

◆中級（N3）/ 總學習時 62 小時
　　一般日本人日常生活的對話範圍

◆中高級（N2）/ 總學習時數 75 小時
　　讀懂現代小說，能寫一般書信（社內、平輩）

◆高級（N1）/ 總學習時數 39 小時
　　習得艱深的詞彙、聽懂新聞內容

◆檢定課程（N5 〜 N1）/
　　一個程度的學習時數大約 10 小時
　　給已經打好該程度基礎的同學做考前衝刺

出版物

　2015 年 12 月發行第一本日文學習書籍《日語大跳級》後廣受迴響，曾經一天銷售衝破 2700 本，爾後王可樂團隊致力於每年一出版的理念至今已出版第四本書，累計銷售量突破四萬本，在日語出版界中被受肯定。

◆日語大跳級（跟著王可樂，打通學習任督二脈）
　收錄學習者考試常寫錯、日本人聽不懂的文法，濃縮成 17 個概念，帶你一舉突破日語學習瓶頸！

◆日語助詞王（王可樂妙解 20 個關鍵，日檢不失分）
　蒐羅學習者最常提問 20 個實用助詞，用最有趣的方式解說，讓你一次搞懂，日檢輕鬆過關！

◆日語最強相關用語（王可樂日語嚴選，表達力‧語彙量一次滿足）
　依生活主題分類，一次串聯大量相關單字與短句，緊扣日常，365 天天天用得上！

主題講座

學習日文的過程中，很多文法總是學了又學還是搞不懂嗎？

王可樂老師閱讀坊間許多相關日文學習書，並濃縮最精華重點，整理出最好理解的架構，讓你運用３～４小時的課程時間一聽就懂！學習即戰力！

新主題講座陸續規劃中！